Título original:
The Magician's Nephew

© C. S. Lewis Pte Ltd 1955

Traducción de
MARÍA ROSA DUHART SILVA

Primera edición, 2000

Derechos exclusivos para América Latina

© EDITORIAL ANDRÉS BELLO
Av. Ricardo Lyon 946, Santiago de Chile
www.editorialandresbello.com
www.editorialandresbello.cl

Inscripción N° 74.096

Se terminó de imprimir esta primera edición
de 3.000 ejemplares en el mes de noviembre de 2000

Ilustraciones de Alicia Silva Encina y Andrés Jullian

IMPRESORES: Productora Gráfica Andros Ltda.

IMPRESO EN CHILE / PRINTED IN CHILE

ISBN 956-13-1674-9

C. S. LEWIS

LAS CRÓNICAS DE NARNIA

LIBRO VI
EL SOBRINO DEL MAGO

EDITORIAL ANDRÉS BELLO
Barcelona • Buenos Aires • México D.F. • Santiago de Chile

CAPÍTULO 1

Se equivocan de puerta

Esta es una historia sobre algo que sucedió hace mucho tiempo, cuando tu abuelo era niño. Es una historia muy importante, porque relata cómo empezaron todas las idas y venidas entre este mundo y la tierra de Narnia.

En aquellos días el señor Sherlock Holmes aún vivía en la calle Baker y los Bastable buscaban tesoros en Lewisham Road. En aquel tiempo, si hubieras sido niño, habrías tenido que usar todos los días el cuello duro de Eton*; y los colegios eran, por lo general, más antipáticos que ahora. Pero la comida era exquisita, y en cuanto a los dulces, no te diré lo baratos y buenos que eran, porque se te haría agua la

---

* Colegio de Eton, distrito de Inglaterra. (*N. de la T.*)

boca en vano. Y en aquellos días vivía en Londres una niña llamada Polly Plummer.

La casa de Polly formaba parte de una larga hilera de casas pareadas. Una mañana había salido al huerto, cuando de pronto un niño trepó desde el jardín vecino y asomó su cara por encima de la tapia. Fue una gran sorpresa para Polly, puesto que hasta entonces nunca hubo niños en esa casa, sino solamente el señor y la señorita Ketterley, hermano y hermana, un solterón y una solterona que vivían allí juntos. De modo que miró hacia arriba, muerta de curiosidad. El niño desconocido traía la cara sumamente sucia. No podía tener más mugre, aunque se hubiera restregado las manos en la tierra, y luego hubiera llorado a mares, y después se hubiera secado la cara con las manos. En realidad, eso era casi exactamente lo que había hecho.

–Hola –dijo Polly.

–Hola –saludó el niño–. ¿Cómo te llamas?

–Polly –respondió ella–. ¿Y tú?

–Dígory –contestó el niño.

–¡Oye, qué nombre tan divertido! –exclamó Polly.

–Mucho más cómico es Polly –replicó Dígory.

–No piensa –dijo Polly.

–Claro que sí –insistió Dígory.

—Como sea, por lo menos *yo* me lavo la cara —repuso Polly—, que es lo que tú deberías hacer, sobre todo después de...

Se interrumpió. Iba a decir "después de haber estado lloriqueando", pero pensó que no sería muy cortés.

—Está bien, así es —dijo Dígory, en voz mucho más alta, como un niño que tiene tanta pena que no le importa que sepan que ha estado llorando—. Y tú harías lo mismo —prosiguió—, su hubieras vivido toda tu vida en el campo y hubieras tenido un mampato, y un río al fondo del jardín, y de repente te trajeran a vivir en un maldito pueblucho como éste.

—Londres no es un pueblucho —replicó Polly, indignada.

Pero el niño estaba demasiado dolido para prestarle atención a ella, y continuó:

—Y si tu padre hubiera partido a la India..., y tú hubieras tenido que venir a vivir con una tía y con un tío que está loco, ¿qué me dices?..., y si la razón fuera que ellos están cuidando a tu madre..., y si tu madre estuviera enferma y fuera a..., fuera a..., a morir...

Y puso esa cara tan rara que uno pone cuando está tratando de tragarse las lágrimas.

—No lo sabía, perdóname —dijo Polly, humildemente.

Y como no halló qué decir, y también para distraer a Dígory con temas más alegres, le preguntó:

—¿El señor Ketterley está verdaderamente loco?

—Bueno, o está loco —repuso Dígory—, o hay algún otro misterio. Tiene un estudio en el piso de arriba y la tía Letty me dijo que no debo subir nunca a ese estudio. Bueno, eso para empezar ya huele a gato encerrado. Y además hay otra cosa. Cada vez que él trata de decirme algo a la hora de comida (nunca ni siquiera trata de hablarle a ella), tía Letty siempre lo hace callar. Le dice: "No molestes al niño, Andrés", o si no: "estoy segura de que Dígory no quiere oír nada de eso", o bien: "mira, Dígory, ¿por que no sales a jugar al jardín?".

–¿Qué tipo de cosas trata de decirte?

–No sé. Nunca alcanza a decir mucho. Pero hay algo más. Una noche, fue anoche en realidad, cuando pasaba debajo de la escalera que da al desván, para ir a mi dormitorio (y no me gusta mucho pasar por ahí), estoy seguro de haber escuchado un alarido.

–Tal vez tiene a una esposa loca encerrada allá arriba.

–Sí, eso pensé.

–O tal vez es un falsificador de dinero.

–O puede haber sido un pirata, como el hombre al comienzo de *La Isla del Tesoro,* y se está escondiendo todo el tiempo de sus antiguos camaradas de barco.

–¡Qué emocionante –dijo Polly–, no sabía que tu casa fuera tan entretenida!

–Tú podrás encontrarla entretenida –contestó Digory–. Pero no te gustaría si tuvieras que dormir ahí. ¿Qué te parecería pasar horas despierta escuchando los pasos del tío Andrés arrastrándose lentamente a lo largo del pasadizo que lleva a tu pieza? Y tiene unos ojos tan horribles...

Así fue como se conocieron Polly y Dígory. Y como era justo el principio de las vacaciones de verano y ninguno iba a ir a la playa ese año, se veían casi todos los días.

Sus aventuras empezaron, más que nada, debido a que aquél fue uno de los veranos más húmedos y helados en muchos años. Eso los obligaba a jugar dentro de la casa; más bien, a hacer exploraciones dentro de la casa. Es maravilloso todo lo que puedes explorar con un cabo de vela en una casa grande, o en una hilera de casas. Polly había descubierto hacía tiempo que si abrías cierta puertecita en el altillo de su casa, llegabas a la cisterna y a un sitio oscuro más atrás, al que podías entrar trepando con un poquito de cuidado. El sitio oscuro era como un largo túnel que tenía una pared de ladrillo a un lado y al otro un techo inclinado. En el techo había pequeñas grietas por donde entraba la luz entre las tejas. No había suelo en este túnel: tenías que pasar de viga en viga, y entre ellas no había más que yeso. Si pisabas el yeso, te podías caer por el techo de la habitación de abajo. Polly usaba la boca del túnel, que quedaba justo al lado del estanque, como una cueva de contrabandistas. Había llevado hasta allí pedazos de cajones viejos y asientos de sillas de cocina quebradas, y cosas por el estilo, y los había colocado extendidos entre viga y viga para formar un poco de piso. Allí guardaba un cofre que contenía varios tesoros, un cuento que estaba escribiendo, y generalmente algunas manzanas.

A menudo se tomaba una botella entera de bebida en ese lugar: las botellas vacías le da-

ban un ambiente muy semejante a la cueva de un contrabandista.

A Dígory le gustó mucho la cueva –ella no lo dejó ver el cuento–, pero le interesaba más explorar.

–Oye –dijo–, ¿hasta dónde llega este túnel? Es decir, ¿llega hasta donde termina tu casa?

–No –repuso Polly–. Las paredes no salen al tejado. El túnel sigue de largo, no sé hasta dónde.

–Entonces podríamos recorrer toda la hilera de casas.

–Claro que podemos –dijo Polly–. Y ¡qué fantástico!

–¿Qué?

–Podremos *entrar* a las otras casas.

–¡Sí, y que nos tomen por ladrones! No, gracias.

–No te pases de inteligente. Estaba pensando en la casa detrás de la tuya.

–¿Qué hay con ella?

–Bueno, es que está vacía. Mi papá dice que ha estado deshabitada siempre, desde que vinimos a vivir aquí.

–Entonces creo que debemos echarle un vistazo –dijo Dígory.

Estaba mucho más excitado de lo que podrías creer por el modo en que lo dijo. Pues, claro, ya estaba pensando, tal como lo habrías hecho tú, en todas las razones por las cuales la casa podía estar deshabitada tanto tiempo. A Polly le pasaba lo mismo. Ninguno mencionó la palabra "embrujada". Y ambos pensaron que ya que se había sugerido el asunto, sería tonto no hacerlo.

—¿Vamos ahora mismo? —preguntó Dígory.

—Muy bien —contestó Polly.

—No vayas si no quieres —dijo Dígory.

—Yo me atrevo si tú te atreves —replicó ella.

—¿Cómo sabremos si estamos en la casa que sigue a la del lado?

Decidieron que debían entrar al altillo y caminar por él con pasos largos, como los pasos que daban para cruzar por las vigas. Eso les daría una idea de cuántas vigas había en una pieza. Añadirían unos cuatro más por el pasadizo entre los dos desvanes de la casa de Polly, y luego la misma cantidad de pasos del altillo para la pieza de servicio. Eso les daría el largo de la casa. Cuando hubieran cubierto el doble de esa distancia estarían al final de la casa de Digory; cualquiera puerta que encontraran más allá los introduciría al desván de la casa vacía.

—Pero yo no creo para nada que esté en realidad vacía —dijo Dígory.

—¿Qué te imaginas?

—Me imagino que allí vive alguien en secreto, que entra y sale solo de noche, con una linterna negra. Es probable que descubramos una pandilla de peligrosos criminales y nos ganemos una recompensa. Es una soberana tontería decir que una casa puede estar vacía todos estos años sin que haya algún misterio de por medio.

—Mi papá cree que se debe a las alcantarillas —advirtió Polly.

—¡Puf! Los grandes siempre inventan explicaciones tan poco interesantes —replicó Dígory.

Ahora que conversaban en el desván a la luz del día, en vez de a la luz de la vela como en la cueva del contrabandista, les parecía mucho menos posible que la casa vacía estuviese embrujada.

Cuando hubieron medido el altillo tuvieron que buscar lápiz y hacer una suma. Los dos obtuvieron al principio resultados diferentes y aun cuando llegaron a un acuerdo, no estoy muy seguro de que hubieran sacado bien las cuentas. Estaban impacientes por comenzar la exploración.

—No hay que meter bulla —murmuró Polly, mientras trepaban hacia adentro de nuevo por detrás de la cisterna. Como era una ocasión tan importante, cada uno llevó una vela (Polly tenía muchas guardadas en la cueva).

Estaba muy oscuro y polvoriento, y lleno de corrientes de aire; pasaron de viga en viga sin decir una palabra, salvo cuando alguno murmuraba: "estamos frente a *tu* desván ahora" o "debemos haber llegado a la mitad de *nuestra* casa". Y ninguno tropezó ni se apagaron las velas, y por fin llegaron a un lugar donde lograron ver una puertecita en la muralla de ladrillo, a su derecha. No tenía cerrojo ni tirador por este lado porque, claro, la puerta había sido hecha para entrar, no para salir; pero había un pestillo, como suele haber por dentro de la puerta de un armario, y les pareció fácil poder hacerlo girar.

—¿La abro? —preguntó Dígory.

—Yo me atrevo si tú te atreves —dijo Polly, tal como había dicho antes.

Ambos tuvieron la sensación de que esto se ponía muy serio, pero ninguno quiso echarse atrás. Dígory corrió el pestillo con alguna dificultad. La puerta se abrió con un vaivén y la súbita luz del día los hizo parpadear. Luego, con gran sobresalto, vieron que no estaban ante un desván abandonado, sino ante una pieza amoblada. Pero se veía bastante vacía. Había un silencio sepulcral. A Polly la venció su curiosidad: apagó de un soplido la vela y entró a la extraña habitación, sin hacer más ruido que un ratón.

Tenía forma de buhardilla, por supuesto, pero estaba amoblada como un salón. Las paredes estaban cubiertas de estantes y no había un espacio de los estanques que no estuviese repleto de libros. El fuego estaba encendido en el hogar (acuérdate de que ese año el verano era extremadamente frío y húmedo) y frente al fuego, dando la espalda a los niños, había un sillón de respaldo alto. Entre el sillón y Polly, llenando más de la mitad del cuarto, había una enorme mesa donde se amontonaban toda suerte de cosas: libros impresos y libros de esos en los cuales tú escribes, y tinteros y plumas y lacres y un microscopio. Pero lo primero que advirtió fue una bandeja de madera de color rojo brillante y en ella una cantidad de anillos. Estaban ordenados por pares: uno amarillo junto a uno verde, un pequeño espacio, y luego otro amarillo y otro verde. No eran más grandes que los anillos comunes y nadie podía dejar de verlos por el brillo que tenían. Eran las cositas más preciosamente relucientes que te puedas imaginar. Si Polly hubiera sido un poquito más pequeña seguramente hubiera querido echarse uno a la boca.

La habitación estaba tan silenciosa que de inmediato oías el tictac del reloj. Sin embargo, como se dio cuenta en seguida, tampoco estaba absolutamente silenciosa. Se escuchaba un tenue zumbido, muy, muy tenue. Si en aquel entonces ya hubieran sido inventadas las aspiradoras, Polly habría pensado que era el sonido de una que funcionaba muy a lo lejos, unas cuantas habitaciones más allá y unos cuantos pisos más abajo. Pero éste era un ruido más agradable, un sonido más musical, pero tan tenue que apenas podías oírlo.

—Está bien, aquí no hay nadie —anunció Polly, dirigiéndose a Dígory por encima de su hombro. Hablaba casi en susurros. Y Dígory apareció, parpadeando y con un aspecto extremadamente sucio, como en realidad lo estaba también Polly ahora.

—No vale la pena —dijo—. No es una casa vacía, después de todo. Es mejor que escapemos antes de que venga alguien.

—¿Qué crees que serán esos? —preguntó Polly, señalando los anillos de colores.

—Vámonos —insistió Dígory—. Cuanto antes...

No terminó lo que iba a decir, pues en ese momento sucedió algo. La silla de respaldo alto frente al fuego se movió de repente y de ella se levantó, como un demonio de pantomima saliendo del suelo como de la trampa en un escenario de teatro, la impresionante figura del tío Andrés. No estaban en la casa vacía; ¡estaban en la casa de Dígory y en el estudio prohibido! Ambos dejaron escapar un "O-o-o-oh" y comprendieron su terrible equivocación. Pensaron que debían haber sabido desde el principio que no se habían alejado lo suficiente ni mucho menos.

El tío Andrés era muy alto y delgado. Tenía una cara larga y pulcramente afeitada, nariz aguileña, ojos extraordinariamente brillantes y una gran mata desgreñada de cabellos grises.

Dígory se quedó sin habla, pues el tío Andrés le parecía ahora mil veces más aterrador que antes. Polly no estaba todavía tan asustada, pero pronto lo estuvo. Porque lo primero que hizo tío Andrés fue cruzar hasta la puerta de la habitación, cerrarla y ponerle llave a la cerradura. Después se dio vuelta, miró fijo a los niños con ojos radiantes, y sonrió mostrando todos sus dientes.

–¡Vaya! –dijo–. Ahora la tonta de mi hermana no podrá entrometerse.

Fue horriblemente diferente de lo que uno hubiera esperado que hiciera un adulto. A Polly se le salía el corazón por la boca, y ella y Dígory empezaron a retroceder hacia la puertecilla por donde habían entrado. El tío Andrés fue más rápido que ellos. Se les puso por detrás y cerró también aquella puerta y se paró delante de ella. Luego se frotó las manos e hizo crujir sus nudillos. Tenía bonitos dedos, muy largos y blancos.

–Encantado de verlos –dijo–. Dos niños, es justo lo que quería.

–Por favor, señor Ketterley –dijo Polly–. Tengo que irme a casa. ¿Nos deja salir, por favor?

–No todavía –repuso el tío Andrés–. Es una oportunidad demasiado buena para perderla. Necesitaba dos niños. Comprendan, estoy en

la mitad de un gran experimento. He ensayado con un conejillo de Indias, y al principio pareció resultar. Pero sucede que un conejillo de Indias no puede contarte nada. Y no le puedes explicar a él cómo regresar.

–Mire, tío Andrés –dijo Dígory–, es ya la hora de almuerzo y empezarán a buscarnos dentro de poco. Tiene que dejarnos salir.

–¿Tengo? –dijo el tío Andrés.

Dígory y Polly se miraron. No se atrevieron a hablar, pero sus miradas decían: "¿No es espantoso?" y "Sigámosle la corriente".

–Si nos deja ir a comer ahora –dijo Polly–, podríamos volver después.

–¡Ah!, ¿pero cómo sé yo que volverán? –replicó el tío Andrés, con una sonrisa astuta. Después pareció cambiar de opinión.

—Bueno, bueno —dijo—, si es cierto que tienen que irse, supongo que deben hacerlo. No puedo esperar que dos jovencitos como ustedes se entretengan hablando con un viejo ignorante como yo —suspiró y prosiguió—: No se pueden imaginar lo solo que me siento a veces. Pero no importa. Vayan a almorzar. Pero quiero darles un regalo antes. No todos los días viene una niñita a mi mísero estudio; especialmente, si me permiten decirlo, una jovencita tan atractiva como tú.

Polly empezó a pensar que a lo mejor no era tan loco, después de todo.

—¿Te gustaría tener un anillo, querida? —le preguntó el tío Andrés.

—¿Quiere decir uno de esos amarillos o verdes? —dijo Polly—. ¡Son preciosos!

—El verde no —dijo el tío Andrés—. Me temo que no puedo regalar uno de los verdes. Pero encantado te daré uno de los amarillos: con todo cariño. Ven a probarte uno.

Polly ya se había sobrepuesto de su terror y estaba segura de que el anciano caballero no era un loco; además había algo extrañamente atractivo en esos brillantes anillos. Caminó hacia la bandeja.

—¡Oye! —exclamó—. Te juro que el ruido del zumbido se escucha mucho más fuerte aquí. Es como si lo hicieran los anillos.

—Qué ocurrencia tan divertida, querida —dijo el tío Andrés, riéndose. La risa sonó muy natural, pero Dígory había alcanzado a ver una expresión de impaciencia, casi de avidez, en su rostro.

—¡Polly! ¡No seas tonta! —gritó—. No los toques.

Pero ya era tarde. Mientras decía eso, la mano de Polly se extendió y tocó uno de los anillos. E inmediatamente, sin un destello ni un ruido ni una advertencia de cualquiera especie, Polly ya no estaba allí. Dígory y el tío Andrés estaban solos en la habitación.

CAPÍTULO 2

Dígory y su tío

Fue tan repentino, y tan horriblemente distinto a cualquiera cosa que le hubiera sucedido a Dígory ni siquiera en una pesadilla, que dejó escapar un grito. Al instante la mano del tío Andrés le tapó la boca.

—¡Cállate! —silbó en el oído de Dígory—. Si comienzas a hacer ruido, tu madre lo escuchará. Y ya sabes el mal que le puede ocasionar pasar un susto.

Como contó Dígory más tarde, la increíble bajeza de amenazar a un tipo de *esa* manera, le dio asco. Pero, por supuesto, no volvió a gritar.

—Así está mejor —dijo el tío Andrés—. Posiblemente no pudiste evitarlo. *Es* una impresión fuerte la primera vez que presencias la desaparición de alguien. Mira, hasta yo me llevé un buen susto cuando desapareció el conejillo de Indias anoche.

—¿Fue entonces cuando usted aulló? —preguntó Dígory.

—¡Ah!, ¿así que oíste eso, ah? Supongo que no estarías espiándome.

—No, claro que no —repuso Dígory, indignado—. Pero ¿qué le ha pasado a Polly?

—Felicítame, querido muchacho —contestó el tío Andrés, sobándose las manos—. Mi experimento ha tenido éxito. La niñita se ha ido..., ha desaparecido..., fuera de este mundo.

–¿Qué le ha hecho?

–La envíe a..., bueno..., a otro lugar.

–¿Qué quiere decir?

El tío Andrés se sentó y dijo:

–Bueno, te voy a contar todo. ¿Has oído alguna vez hablar de la vieja señora Lefay?

–¿No era una tía abuela o algo así? –preguntó Dígory.

–No exactamente –repuso el tío Andrés–. Era mi madrina. Esa es, allá en la pared.

Dígory vio una descolorida fotografía que mostraba la cara de una anciana con cofia. Y se acordó de que había visto una foto de esa misma cara en un viejo cajón en su casa, allá en el campo. Le había preguntado a su madre quién era y su madre no mostró ningún interés por hablar mucho del tema. No era en absoluto una cara agradable, pensó Dígory, aunque en verdad uno no podía opinar nada con las fotografías de aquellas épocas.

–¿Había..., no había..., algo raro en ella, tío Andrés? –preguntó.

–Bueno –contestó el tío Andrés, riendo entre dientes–, depende de lo que tú llames *raro*. La gente tiene una mentalidad tan estrecha. Es cierto que se puso bastante excéntrica en sus últimos años. Hizo cosas muy insensatas. Por eso fue que la encerraron.

—¿En un asilo, quieres decir?

—Oh, no, no, no –respondió el tío Andrés, en tono escandalizado–. Nada por el estilo. En prisión solamente.

—¡No me diga! –exclamó Dígory–. ¿Qué había hecho?

—Ah, pobre mujer –contestó el tío Andrés–. Se había vuelto muy insensata. Hubo muchas cosas. No hay para qué entrar en detalles. Siempre fue muy buena conmigo.

—Pero, mire, ¿qué tiene que ver todo esto con Polly? Quiero que usted me...

—Todo a su tiempo, muchacho –dijo el tío Andrés–. Dejaron salir a la anciana señora Lefay antes de su muerte y yo fui una de las poquísimas personas a quienes ella permitió verla durante su última enfermedad. Le tomó antipatía a la gente vulgar e ignorante, ¿me entiendes? A mí me pasa igual. Pero ella y yo nos interesábamos por las mismas cosas. Unos pocos días antes de su muerte me dijo que fuera a un viejo escritorio que había en su casa, que abriera un cajón secreto y le trajera la cajita que allí encontraría. En cuanto tomé la caja aquella comprendí, por las punzadas que sentía en los dedos, que tenía algún gran secreto en mis manos. Ella me la dio y me hizo prometerle que apenas ella muriera yo la quemaría sin abrirla, y con ciertas ceremonias. Yo no cumplí esa promesa.

–Pues bien, eso estuvo supermal hecho de su parte –comentó Dígory.

–¿Mal hecho? –repitió el tío Andrés, con aire perplejo–. ¡Oh!, ya entiendo. Quieres decir que los niñitos deben cumplir siempre sus promesas. Muy cierto; muy justo y correcto, seguramente, y me alegro de que te lo hayan enseñado así. Pero, claro, tú debes comprender que esa clase de reglas, por muy excelentes que sean para los niños pequeños, y para los sirvientes, y las mujeres, e incluso para la gente corriente, es imposible que se pretenda aplicarlas a profundos investigadores y grandes pensadores y sabios. No, Dígory. Los hombres que como yo poseen una sabiduría oculta, estamos liberados de las reglas comunes, así como estamos impedidos de disfrutar de los placeres comunes. Nuestro destino, hijo, es un destino superior y solitario.

Al decir esto suspiró y adoptó un aire tan grave y noble y misterioso que, por un segundo, Dígory pensó que realmente estaba diciendo algo muy elevado. Pero luego recordó la desagradable expresión que vio en la cara de su tío un momento antes de que Polly desapareciera; y de súbito comprendió claramente las intenciones ocultas en las grandilocuentes palabras del tío Andrés.

"Todo eso significa –se dijo– que él cree que puede hacer todo lo que se le ocurra para obtener lo que quiere."

–Por supuesto –estaba diciendo el tío Andrés–, no me atreví a abrir la caja durante largo tiempo, pues sabía que debía contener algo altamente peligroso. Porque mi madrina era una mujer *muy* singular. A decir verdad, fue uno de los últimos mortales de este país que tenía sangre de hadas en sus venas. Decía que hubo otras dos más en su época. Una era una duquesa y la otra era una mujer encargada de hacer la limpieza. En realidad, Dígory, hablas en estos momentos con el último hombre, probablemente, que en verdad tuvo por madrina a un hada. ¡Vaya! Será algo digno de recordar cuando seas tú también un anciano.

"Apuesto a que fue un hada mala", pensó Dígory; y agregó en voz alta:

–Pero, ¿qué pasa con Polly?

–¡Hasta cuándo repites la misma canción! –exclamó el tío Andrés–. Como si fuera eso lo más importante. Mi primera tarea fue, por supuesto, examinar la caja. Era muy antigua. Y yo por ese entonces ya entendía lo suficiente como para saber que no era griega, ni egipcia antigua, ni babilonia, ni hitita, ni china. Pertenecía a una cultura más antigua que la de esas naciones. Ah..., fue un día grandioso cuando al fin descubrí la verdad. La caja era originaria de la Atlántida; venía de la isla perdida de Atlántida. Esto significaba que era cientos de años más antigua que cualquiera de los objetos de la Edad de Piedra que hayan excavado en Europa. Y tampoco era algo tosco e incompleto como aquellos, pues en los albores de los tiempos Atlántida ya era una gran ciudad, con palacios y templos y hombres ilustrados.

Hizo una pequeña pausa, como esperando que Dígory dijera algo. Pero a Dígory le sucedía que a cada instante le desagradaba más su tío, así es que no dijo ni una palabra.

–Entretanto –continuó el tío Andrés–, yo iba aprendiendo, de diferentes maneras (no considero apropiado explicárselo a un niño), muchísimo sobre magia en general. De modo que llegué a tener una idea bastante clara sobre la clase de cosas que podría contener la caja. A través de varias pruebas fui reduciendo el número de posibilidades. Debí trabar conocimiento con algunas... bueno, algunas personas endiabladamente extrañas, y pasé por algunas experiencias sumamente desagradables. Eso fue lo que encaneció mi cabeza. Uno no se convierte en mago gratuitamente. Al final se resintió mi salud, pero logré mejorarme. Y por fin lo supe de verdad.

A pesar de que no existía ni la más remota posibilidad de que alguien pudiera escucharlos, se inclinó hacia adelante y dijo en un susurro:

–La caja de la Atlántida contenía algo que había sido traído de otro mundo en la época en que el nuestro estaba recién comenzando.

–¿Qué? –preguntó Dígory, quien, contra su voluntad, se sentía bastante interesado en la historia.

–Sólo polvo –respondió el tío Andrés–. Polvo fino y seco. Nada digno de estudio. Nada especial que pudieras lucir como el resultado del esfuerzo de toda una vida, podríamos decir. ¡Ah!, pero cuando miré aquel polvo, tuve gran cuidado de no tocarlo, y pensé que cada partícula estuvo alguna vez en otro mundo. No quiero decir en otro planeta, sabes, porque son parte de nuestro mundo y puedes llegar a ellos si viajas lo suficientemente lejos, sino realmente otro mundo..., otra naturaleza..., otro universo..., un lugar al cual no lograrás llegar, aunque viajes a través del espacio en este universo para siempre..., un mundo al cual puedes llegar sólo por arte de magia..., ¡caramba!

El tío Andrés se apretaba las manos hasta hacer crujir sus nudillos como si fueran fuegos artificiales.

–Sabía –prosiguió– que si sólo se pudiese darle la forma correcta, ese polvo te llevaría al lugar de donde procedía. Mas la dificultad era darle la forma correcta. Mis experimentos anteriores fueron todos un fracaso. Ensayé con conejillos de Indias. Algunos simplemente murieron. Otros explotaron como bombas...

–Fue demasiado cruel hacer eso –protestó Dígory, que una vez había tenido su propio conejillo de Indias.

–¡Hasta cuándo te sales del tema! –exclamó el tío Andrés–. Para eso estaban esas criaturas. Yo mismo las había comprado. Veamos, ¿dónde iba yo? ¡Ah!, sí. Finalmente logré hacer los Anillos: los Anillos amarillos. Pero se me presentó una nueva dificultad. Estaba completamente seguro esta vez de que un Anillo amarillo enviaría a quien lo tocara al Otro Lugar. Pero ¿de qué serviría si no podía traer a nadie de vuelta para que me dijera lo que había encontrado allí?

–¿Y qué pasaría con esas personas? –preguntó Dígory–. ¡Usted estaría metido en un buen lío si ellas no pudieran regresar!

–Siempre encaras las cosas desde el punto de vista equivocado –dijo el tío Andrés, con una mirada de impaciencia–. ¿No puedes entender que esto es un gran experimento? El motivo central de enviar a alguien al Otro Lugar es que yo quiero averiguar cómo es.

–Y entonces, ¿por qué no va usted mismo?

Dígory no había visto jamás a nadie tan sorprendido y ofendido como su tío ante esta simple pregunta.

–¿Yo? ¿Yo? –exclamó–. ¡Este niño debe estar loco! ¿Un hombre de mis años, y en mi estado de salud, arriesgarme a la conmoción y a los peligros de ser lanzado bruscamente a un universo diferente? ¡Nunca oí algo más absurdo en mi vida! ¿Te das cuenta de lo que estás diciendo? Piensa en lo que significa Otro Mundo..., puedes encontrarte con cualquiera cosa..., cualquiera cosa.

—Y supongo que es allí donde ha enviado a Polly —dijo Dígory. Le ardían las mejillas de ira—. Todo lo que puedo decirle —añadió—, aunque sea mi tío..., es que se ha portado como un cobarde al mandar a una niña a un lugar donde usted no se atreve a ir.

—¡Silencio, señor! —dijo el tío Andrés, golpeando la mesa con su mano—. No acepto que me hable de ese modo un pequeño, mugriento colegial. No lo entiendes. Yo soy el gran erudito, el mago, el experto, que está llevando a cabo el experimento. Por supuesto que necesito materia en que experimentar. ¡Es el colmo; más adelante me vas a decir que debería haber pedido permiso a los conejillos de Indias antes de utilizarlos! No se puede alcanzar la suprema sabiduría sin sacrificios. Pero la idea de ir yo mismo es ridícula. Es como pedirle a un general que luche como un soldado raso. Y si me mataran, ¿qué sucedería con el trabajo de toda mi vida?

—Déjese de palabrerías —estalló Dígory—. ¿Va a traer a Polly de vuelta?

—Iba a decirte, cuando me interrumpiste con tanta rudeza —repuso el tío Andrés—, que por fin averigüe la manera de realizar el viaje de regreso. Los Anillos verdes te traen de vuelta.

–Pero Polly no llevaba un Anillo verde.

–No –dijo el tío Andrés con una sonrisa cruel.

–Entonces ella no puede regresar –gritó Dígory–. Y es exactamente lo mismo que si la hubiera asesinado.

–Ella puede regresar –dijo el tío Andrés– si otra persona va tras ella, usando un Anillo amarillo y llevando dos Anillos verdes, uno para que lo traiga de vuelta a él mismo y otro para que la traiga a ella.

Y entonces, claro, Dígory vio la trampa en que estaba cogido. Miró al tío Andrés sin decir nada, con la boca abierta. Se había puesto muy pálido.

–Espero –dijo el tío Andrés, ahora en una voz muy alta y potente, como si fuera un perfecto tío que acaba de darle a uno un generoso regalo y algún sabio consejo–, espero, Digory, que no acostumbrarás mostrarte cobarde. Sentiría gran lástima de pensar que alguien de nuestra familia no tenga honor y caballerosidad suficientes para ir en auxilio de... ee.. una dama en apuros.

–¡Cállese! –exclamó Dígory–. Si tuviera algo de honor y todo eso, iría usted mismo. Pero sé que no lo hará. Está bien, ya veo que tendré que ir yo. Pero usted *es* un salvaje. Supongo que tenía planeado todo el asunto, para que ella fuera sin saber lo que hacía y luego tuviera que ir yo en su búsqueda.

—Por supuesto —asintió el tío Andrés con su odiosa sonrisa.

—Muy bien. Iré. Pero hay algo que quiero dejar bien en claro primero. Nunca hasta hoy creí que existiera la magia. Ahora veo que es una realidad. Y si es así, supongo que todos los viejos cuentos de hadas tienen algo de verdad. Y usted es simplemente un hechicero perverso y cruel igual a los de los cuentos. Bueno, yo nunca leí un cuento en que la gente de esa clase no pagara sus maldades al final, y apuesto que usted las pagará. Y bien merecido lo tiene.

De todo lo que había dicho Dígory, esto fue lo único que dio en el blanco. El tío Andrés se asustó y su mirada expresó tal horror que, a pesar de lo canalla que era, casi podías sentir lástima por él. Pero al segundo desechó sus temores y dijo con una risa forzada:

—Bien, bien, supongo que será natural que un niño piense así, un niño criado entre mujeres, como tú. Patrañas, ¿eh? No creo que debas inquietarte por el peligro que *yo* corro, Dígory. ¿No sería mejor preocuparte por el peligro en que está tu amiguita? Hace tiempo ya que se fue. Si hay peligro Allá..., bueno, sería una lástima llegar un minuto tarde.

–*Usted* se preocupa muchísimo –dijo Dígory, furioso–. Pero ya estoy harto de toda esta cháchara. ¿Qué tengo que hacer?

–Realmente, debes aprender a controlar ese carácter que tienes, muchacho –dijo el tío Andrés, con frialdad–. Si no, cuando crezcas serás igual a tu tía Letty. Ahora, escúchame.

Se levantó, se puso un par de guantes y se dirigió a la bandeja donde estaban los Anillos.

–Surten efecto –dijo– solamente si están en contacto directo con tu piel. Usando guantes, yo puedo tomarlos... así... y nada sucederá. Si llevas uno en tu bolsillo, nada sucederá; pero claro que tienes que ser muy cuidadoso y no meter la mano en el bolsillo y tocarlo por casualidad. En cuanto toques el Anillo amarillo, te irás de este mundo. Cuando estés en el Otro Lugar, espero..., por supuesto que esto no se ha comprobado aún, pero *espero...* que cuando toques el Anillo verde saldrás de ese mundo y..., espero..., reaparecerás en éste. Entonces, toma estos dos Anillos verdes y guárdalos en tu bolsillo derecho. Recuerda bien en qué bolsillo están los verdes. V de verde y D de derecho; dos letras que forman la palabra Verde, uno para ti y uno para la niña. Y ahora toma el amarillo para ti. Yo me lo pondría en... en el dedo... si fuera tú. Así tendrías menos posibilidades de que se te cayera.

Dígory estaba a punto de tomar el Anillo amarillo, cuando de súbito se detuvo.

—Oiga —dijo—. ¿Qué va a pasar con mi madre? ¿Y si ella pregunta por mí?

—Cuanto antes partas, más pronto regresarás —repuso el tío Andrés, alegremente.

—Pero usted ni siquiera sabe si podré volver.

El tío Andrés se encogió de hombros, atravesó la habitación hasta la puerta, le quitó la llave, la abrió, y dijo:

—Muy bien, pues. Haz lo que quieras. Vete a comer. Deja que a la niñita la devoren los animales salvajes o se ahogue o se muera de hambre en el Otro Mundo o se pierda allí para siempre, si eso es lo que prefieres. A mí me da lo mismo. Quizás sería conveniente que a la hora del té visites a la señora Plummer y le expliques que no volverá nunca más a ver a su hija, porque tú tuviste miedo de ponerte un anillo.

—¡Farsante! —exclamó Dígory—. ¡Me gustaría ser más grande para poder darle un buen puñete!

Luego se abrochó la chaqueta, respiró hondo y tomó el Anillo. Y en ese momento pensó, como siempre lo pensó más tarde, que era lo único decente que podía hacer.

CAPÍTULO 3

El Bosque entre los Mundos

Al instante desaparecieron el tío Andrés y su estudio. Después, por espacio de unos momentos, todo fue una gran confusión. Lo primero que Dígory advirtió fue que había una suave luz verde que bajaba sobre él desde arriba, y abajo la oscuridad. Parecía que no estaba parado en nada, ni sentado ni tendido. Parecía que nada lo tocaba.

—Creo que estoy en el agua —dijo Dígory—. O *bajo* el agua.

Esto lo asustó por unos segundos, pero casi de inmediato se dio cuenta de que era impulsado hacia arriba. De pronto su cabeza salió repentinamente al aire y se encontró en tierra, caminando a gatas sobre un blando pasto al borde de una poza.

Al ponerse de pie vio que ni chorreaba agua ni se sentía sin aliento como sería de esperar después de permanecer bajo el agua. Su ropa estaba perfectamente seca. Se hallaba al borde de una pequeña poza de no más de tres metros de ancho, en medio de un bosque. Los árboles crecían uno al lado del otro y eran tan frondosos que no lo dejaban divisar el cielo. Toda la luz que veía era la verde luz que pasaba a través de las hojas; mas debe haber habido un sol fortísimo arriba, ya que esta luz

36

verde era brillante y cálida. Era el bosque más silencioso que te puedas imaginar. No había pájaros, ni insectos, ni animales, ni siquiera viento. Casi podías sentir crecer los árboles. La poza de donde acababa de salir no era la única. Había docenas más... una poza cada ciertos metros, hasta donde alcanzabas a ver. Casi podías sentir los árboles bebiendo el agua con sus raíces. Era un bosque muy sensible. Cuando trataba de describirlo después, Dígory siempre decía: "Era un lugar *rico:* rico como un pastel de ciruela".

Lo más extraño era que, casi antes de mirar a su alrededor, Dígory ya casi no recordaba cómo había llegado hasta allí. En todo caso, no pensaba ni remotamente en Polly, o en el tío Andrés, o en su madre al menos. No tenía una pizca de miedo, ni emoción, ni curiosidad. Si alguien le hubiese preguntado: "¿De dónde vienes?", probablemente habría contestado: "He estado siempre aquí". Así se sentía uno ahí como si hubiera estado siempre en ese lugar y jamás se aburriera, aunque nunca pasara nada. Como explicaba más tarde, "no es la clase de lugar donde suceden cosas. Los árboles siguen creciendo, eso es todo".

Después de contemplar el bosque durante largo rato, Dígory notó que había una niña acostada de espalda al pie de un árbol a unos metros de distancia. Sus ojos estaban casi cerrados, pero no totalmente, como si estuviera entre dormida y despierta. Él la miró un buen rato y no dijo nada. Luego ella abrió los ojos y lo miró por mucho rato y tampoco dijo nada. Después ella habló, con una voz soñadora y contenta.

—Creo que te he visto antes —dijo.

—Yo creo que también te he visto —respondió Dígory—. ¿Hace tiempo que estás aquí?

—¡Oh!, siempre —dijo la niña—. Por lo menos... no sé... muchísimo tiempo.

—Igual que yo —dijo Dígory.

—No, tú no —replicó ella—. Te acabo de ver salir de esa poza que hay ahí.

—Sí, supongo que sí —dijo Dígory, con aire perplejo—. Se me había olvidado.

Entonces por un larguísimo rato ninguno dijo nada más.

—Mira —dijo la niña de pronto—, me pregunto si realmente nos conocimos antes. Tenía una especie de idea..., una especie de imagen en mi mente... de un niño y una niña como nosotros..., que vivían en algún lugar muy diferente... y que hacían toda clase de cosas. Quizás fue sólo un sueño.

—Yo he tenido el mismo sueño, creo —dijo Dígory—. De un niño y una niña que eran vecinos... y algo acerca de trepar entre unas vigas. Me acuerdo de que la niña tenía la cara sucia.

–¿No estarás equivocado? En mi sueño era el niño el que tenía la cara sucia.

–No puedo recordar la cara del niño –dijo Dígory, y después agregó–: ¡Hola! ¿Qué es eso?

–¡Pero si es un conejillo de Indias! –exclamó la niña.

Y eso era un gordiflón conejillo de Indias, olfateando el pasto. Y justo en la mitad, el conejillo llevaba una cinta y, amarrado con esa cinta, un reluciente Anillo amarillo.

–¡Mira, mira! –gritó Dígory–. ¡El Anillo! ¡Y mira! Tú tienes uno en el dedo. Y yo también.

La niña entonces se sentó, por fin con verdadero interés. Se miraron con fijeza uno a otro, tratando de recordar. Y de pronto, exactamente al mismo tiempo, ella gritó "el señor Ketterly", y él grito "el tío Andrés", y supieron quiénes eran y comenzaron a recordar toda la historia. Después de unos cuantos minutos de ardua conversación lo tuvieron todo muy claro. Dígory le explicó lo horriblemente mal que se había portado el tío Andrés.

–Y ahora, ¿qué hacemos? –preguntó Polly–. ¿Tomamos el conejillo de Indias y nos vamos a casa?

–No hay ningún apuro –dijo Dígory, con un enorme bostezo.

–Yo creo que sí –insistió Polly–. Este lugar es demasiado tranquilo. Es de ensueño. Tú estás medio dormido. Si una vez nos dejamos llevar por el sueño, lo único que haremos será acostarnos y dormitar para siempre jamás.

–Se está tan bien aquí –dijo Dígory.

–Sí, claro –replicó Polly–. Pero tenemos que regresar.

Se puso de pie y comenzó a avanzar cautelosamente hacia el conejillo. Pero después cambió de opinión.

–Es mejor dejar el conejillo de Indias aquí –dijo–. Está tan feliz, y tu tío hará algo horrible con él si lo llevamos de vuelta.

–Te apuesto que sí –contestó Dígory–. Mira cómo nos ha tratado a *nosotros*. A propósito, ¿*cómo* volveremos a casa?

–Volviendo a meternos en la poza, espero.

Fueron allá y se pararon junto a la orilla mirando la tersa superficie del agua. Estaba llena de reflejos de las verdes y frondosas ramas; estos reflejos la hacían parecer sumamente profunda.

–No tenemos trajes de baño –dijo Polly.

–No los necesitamos para nada, tonta –respondió Dígory–. Nos tiraremos con nuestra ropa puesta. ¿No te acuerdas de que no se mojó cuando subimos hasta acá?

–¿Sabes nadar?

–Un poco. ¿Y tú?

–Bueno..., no mucho.

–No creo que sea necesario nadar –dijo Dígory–. Queremos *bajar*, ¿no es cierto?

A ninguno le gustaba mucho la idea de saltar dentro de la poza, pero ninguno lo dijo. Se tomaron de la mano y dijeron: "Uno..., dos..., tres..., vamos", y saltaron. Hubo una gran salpicadura y, claro, ambos cerraron los ojos. Pero cuando volvieron a abrirlos se encontraron todavía de pie, tomados de la mano, en el verde bosque, y con el agua que les llegaba apenas más arriba de los tobillos. Aparentemente la poza sólo tenía unos cinco centímetros de profundidad. Volvieron chapoteando al suelo seco.

—¿Qué fue lo que falló? —preguntó Polly con voz asustada; pero no tan asustada como hubieras pensado, porque es muy difícil sentir realmente miedo en aquel bosque. El lugar es tan apacible.

—¡Ah!, ya sé —dijo Dígory—. Por supuesto que no puede resultar. Aún tenemos puestos los Anillos amarillos. Sabes, estos son para el viaje de ida. Los verdes son para volver a casa. Tenemos que cambiar los Anillos. ¿Tienes bolsillos? Bien. Pon el Anillo amarillo en tu bolsillo izquierdo. Yo tengo los dos verdes. Aquí hay uno para ti.

Se pusieron los Anillos verdes y volvieron a la poza. Pero antes de ensayar un nuevo salto, Dígory lanzó un largo "O... o... oh".

—¿Qué pasa? —preguntó Polly.

—Acabo de tener una idea maravillosa —repuso Dígory—. ¿Qué habrá en las otras pozas?

–¿Qué quieres decir?

–Mira, si podemos regresar a nuestro propio mundo saltando dentro de esta poza, ¿no podríamos llegar a otra parte saltando dentro de una de las otras? ¡Imagínate que hubiera un mundo al fondo de cada poza!

–Pero yo creía que ya estábamos en ese Otro Mundo de tu tío Andrés, o en el Otro Lugar, o como sea que él lo llame. ¿No dijiste?...

–Olvídate del tío Andrés –interrumpió Dígory–. No creo que sepa nada de esto. Nunca tuvo el coraje de venir él mismo. Él sólo hablaba de que existía Otro Mundo. Pero ¿te imaginas que hubiera docenas?

–¿Quieres decir que este bosque podría ser sólo uno de ellos?

–No, no creo que este bosque sea un mundo, nada de eso. Creo que es nada más que un lugar intermedio.

Polly lo miró, perpleja.

–¿No entiendes? –dijo Dígory–. No, pero escucha. Piensa en nuestro túnel debajo del tejado. No es una pieza en ninguna de las casas. De alguna manera, no es realmente parte de ninguna de las casas. Pero una vez que estás en el túnel puedes caminar por él y salir a cualquiera de las casas de la cuadra. ¿No podría este bosque ser igual?..., un lugar que no está en ninguno de los mundos, pero una vez que has encontrado ese lugar puedes llegar a todos ellos.

–Pero, aunque tú puedas... –comenzó a decir Polly, pero Dígory prosiguió como si no la hubiera escuchado.

–Y, por supuesto, esto lo explica todo –dijo–. Por eso es tan tranquilo aquí y da tanto sueño. Aquí nunca sucede nada. Como en nuestro país. Es dentro de las casas que la gente conversa, y hace cosas, y come. Nada sucede en los lugares intermedios, detrás de las murallas y arriba en el techo y abajo del piso, o en nuestro propio túnel. Pero cuando sales de nuestro túnel, podrías entrar a cualquiera casa. ¡Creo que podemos salir de este lugar y entrar a un magnífico Cualquier Lugar! No es preciso que saltemos de nuevo en la misma poza por donde llegamos. O no todavía.

–El Bosque entre los Mundos –dijo Polly, soñadora–. Suena muy bonito.

–Vamos –dijo Dígory–. ¿Cuál poza probaremos?

–Escúchame –dijo Polly–. Yo no voy a probar ninguna nueva poza hasta que nos aseguremos de poder volver por la primera. Ni siquiera sabemos si todo esto va a resultar.

–Sí –replicó Dígory–. Y que nos atrape el tío Andrés y que nos quite los Anillos antes de que podamos divertirnos. No, gracias.

–Podríamos ir hasta cierta parte del camino en nuestra poza –propuso Polly–. Justo para ver si funciona. Entonces, si funciona, nos cambiamos los Anillos y salimos otra vez a la superficie antes de que volvamos de verdad al estudio del señor Ketterley.

—¿Podemos ir hasta *cierta parte* no más del camino?

—Bueno, nos demoramos tan poco al subir. Supongo que nos demoraremos muy poco en volver.

Dígory armó un gran alboroto antes de aceptar esto, pero al final tuvo que hacerlo, porque Polly se opuso terminantemente a explorar nuevos mundos hasta estar segura de volver al antiguo. Era tan valiente como él frente a algunos peligros (avispas, por ejemplo), pero no tenía mayor interés en descubrir cosas que nadie había oído mencionar antes; porque Dígory era de esa clase de personas que quieren saberlo todo, y cuando grande llegó a ser el famoso profesor Kirke, que aparece en otros libros.

Después de una larga discusión, acordaron ponerse los Anillos verdes ("Verde esperanza —dijo Dígory— para que no puedas olvidar cuál es cuál") y tomarse las manos y saltar. Pero en cuanto pareciera que regresaban al estudio del tío Andrés, e incluso a su propio mundo, Polly gritaría "Cambio", y debían sacarse los verdes y ponerse los amarillos. Dígory quería ser él quien gritara "Cambio", pero Polly no estuvo de acuerdo.

Se colocaron los Anillos verdes, se tomaron las manos, y una vez más gritaron: "Uno..., dos..., tres..., vamos". Esta vez resultó. Es muy difícil decirte lo que sintieron, porque todo sucedió con increíble rapidez. Al principio había unas brillantes luces que se movían en un cielo negro; Dígory pensó siempre que eran estrellas y hasta jura que vio a Júpiter muy de cerca, tan cerca que incluso vio sus lunas. Pero casi de inmediato había hileras y más hileras de techos y cañones de chimeneas alrededor de los niños, y podían ver la Catedral de San Pablo y supieron que lo que estaban mirando era Londres. Pero podías ver a través de las paredes de todas las casas. Y pudieron ver al tío Andrés, muy vago y sombrío, pero que cada vez se hacía más claro y más concreto, como si estuviera mejor enfocado. Pero antes que se volviera totalmente real, Polly gritó "Cambio", y cambiaron, y nuestro mundo se esfumó como un sueño, y la verde luz de arriba se hizo más y más intensa, hasta que asomaron la cabeza fuera de la poza y salieron chapoteando hasta la orilla. Y allí estaba el bosque a su alrededor, tan verde y brillante y tranquilo como siempre. Habían demorado menos de un minuto.

–¡Vaya! –dijo Dígory–. Está muy bien. Ahora, a las aventuras. Cualquiera poza nos puede servir. Vamos, probemos ésa.

–¡Un momento! –exclamó Polly–. ¿No vamos a marcar esta poza?

Se miraron y palidecieron, pues comprendieron cuán horripilante era lo que Dígory estaba a punto de hacer. Porque había cualquier cantidad de pozas en el bosque, y eran todas iguales y los árboles eran todos iguales, de manera que si hubiesen dejado atrás la poza que los llevaría a su propio mundo sin algún tipo de marca, habrían tenido una probabilidad entre cien de volver a encontrarla.

A Dígory le temblaba la mano cuando abrió su cortaplumas y cortó una larga lonja de césped en la ribera de la poza. El suelo (que olía deliciosamente) era de un vivo color café rojizo y destacaba bien contra el verde.

–Qué bueno que *uno* de nosotros tenga algo de sentido común –dijo Polly.

–Bueno, no sigas creyéndote un genio –repuso Dígory–. Ven, quiero ver qué hay en una de las otras pozas.

Y Polly le dio una respuesta bastante mordaz y él le replicó de modo aún más antipático. La pelea duró varios minutos, pero sería muy aburrido describirla. Saltémonos todo eso hasta el momento en que ambos se detuvieron con corazones palpitantes y rostros más bien asustados al borde de la poza desconocida con sus Anillos amarillos puestos y se tomaron las manos y una vez más dijeron: "Uno..., dos..., tres..., ¡vamos!"

¡Plaf! De nuevo no resultó. Aparentemente, también esta poza era sólo un charco. En lugar de llegar a un nuevo mundo, lo único que lograron fue mojarse los pies y salpicarse las piernas por segunda vez en aquella mañana (si es que era de mañana: parece que fuera siempre la misma hora en el Bosque entre los Mundos).

—¡Maldición! ¡Qué lata! —exclamó Dígory—. ¿Qué ha fallado ahora? Nos pusimos bien los Anillos amarillos. Él dijo que el amarillo era para el viaje de salida.

Bueno, la verdad es que el tío Andrés, que no sabía nada sobre el Bosque entre los Mundos, tenía una idea muy equivocada respecto a los Anillos. Los amarillos no eran Anillos "de ida" y los verdes no eran Anillos "de vuelta"; por lo menos, no como él pensaba. La materia de que ambos estaban hechos venía del bosque. El material que había en los Anillos amarillos tenía el poder de llevarte dentro del bosque; era un material que deseaba volver a su propio lugar, al lugar intermedio. Pero el material de que estaba hecho el Anillo verde es un material que está tratando de salir de su propio lugar: por eso el Anillo verde te saca del bosque hacia un mundo. Como puedes ver, el tío Andrés estaba trabajando con cosas que no entendía realmente;

les sucede a la mayoría de los magos. Claro que Dígory no comprendió tampoco la verdad con toda claridad, o por lo menos no hasta mucho después. Pero luego de discutirlo, decidieron probar sus Anillos verdes en la nueva poza, sólo para ver qué sucedía.

–Yo me atrevo si tú te atreves –dijo Polly.

Pero en realidad lo dijo porque, en lo profundo de su corazón, estaba segura de que ninguna clase de Anillo iba a funcionar en la nueva poza, y, por lo tanto, no había nada que temer, fuera de otra salpicada. No estoy muy seguro de que Dígory no tuviera la misma idea. Como sea, cuando se colocaron sus Anillos verdes y volvieron al borde de la poza y se tomaron las manos otra vez, ciertamente estaban bastante más animados y menos serios que lo que habían estado la primera vez.

–Uno..., dos..., tres..., ¡vamos! –gritó Dígory. Y saltaron.

CAPÍTULO 4

La campana y el martillo

Esta vez no cupo ninguna duda acerca de la magia. Cayeron y cayeron a toda velocidad, primero a través de la oscuridad y después a través de una masa de vagas formas arremolinadas que podrían haber sido cualquier cosa. Se hizo más claro. De súbito sintieron que estaban de pie sobre algo sólido. Un minuto más tarde todo volvió a su foco y pudieron mirar en torno.

–¡Qué lugar más raro! –exclamó Dígory.

–No me gusta –dijo Polly, con una especie de estremecimiento.

Lo primero que advirtieron fue la luz. No era como la luz del sol, y no era como la luz eléctrica, o lámparas, o velas, o cualquiera otra luz que hubieran visto antes. Era una luz nebulosa, casi roja, nada de alegre. Estaba fija y no parpadeaba. Se hallaban parados sobre una superficie plana y pavimentada y numerosos edificios se alzaban a su alrededor. No había techo encima de ellos; estaban en una especie de patio. El cielo era extraordinariamente oscuro... un azul que era casi negro. Cuando ves ese cielo te preguntas si será posible que exista algo de luz.

–Curioso clima tienen aquí –comentó Dígory–. ¿Habremos llegado justo a tiempo para una tormenta de truenos, o para un eclipse?

—No me gusta —repitió Polly.

Ambos, sin saber muy bien por qué, hablaban en susurros. Y aunque no había ninguna razón para que todavía se tomaran las manos después del salto, no se soltaron.

Las murallas que circundaban ese patio eran altísimas. Tenían muchas ventanas enormes, ventanas sin vidrios, por las cuales no podías ver nada más que la negra oscuridad. Más abajo había unos grandes arcos de columnas, que semejaban tenebrosos bostezos de la boca de un túnel de ferrocarril. Hacía más bien frío.

La piedra con que se había construido todo parecía ser roja, pero a lo mejor se veía así por efecto de la extraña luz. Era, en verdad, extremadamente antigua. Muchas de las piedras planas que pavimentaban el patio estaban agrietadas. Ninguna calzaba bien con la otra y los afilados bordes estaban todos gastados. Uno de los portales de las arcadas estaba lleno hasta la mitad de escombros. Los niños daban vueltas y vueltas mirando los diferentes costados del patio. Una de las razones era que tenían miedo de que alguien... o algo... los viera desde aquellas ventanas cuando les estuvieran dando la espalda.

—¿Crees que vivirá alguien aquí? —preguntó Dígory por fin, siempre en un susurro.

—No —respondió Polly—. Todo está en ruinas. No hemos oído ningún ruido desde que llegamos.

—Quedémonos sin movernos y escuchemos un rato –sugirió Dígory.

Se quedaron inmóviles y escucharon, pero lo único que pudieron oír fue el tum-tum de sus propios corazones. Este lugar era por lo menos tan silencioso como el silencioso Bosque entre los Mundos. Pero era una diferente clase de quietud. El silencio del Bosque tenía riqueza y calidez (casi podías oír crecer los árboles) y estaba lleno de vida: éste era un silencio muerto, helado, vacío. No podías imaginarte nada creciendo allí.

—Vámonos a casa –propuso Polly.

—Pero todavía no hemos visto nada –replicó Dígory–. Ya que estamos aquí, simplemente es un deber echar una mirada.

—Estoy segura de que no hay nada interesante aquí.

—No tiene ningún objeto encontrar un Anillo mágico que te lleva a otros mundos si tienes miedo de mirarlos una vez que estás ahí.

—¿Quién habla de tener miedo? –dijo Polly, soltando la mano de Dígory.

—Sólo pensé que no demostrabas mucho entusiasmo por seguir explorando este lugar.

—Iré a cualquier parte donde tú vayas.

—Podemos irnos cuando queramos –dijo Dígory–. Saquémonos los Anillos verdes y guardémoslos en nuestros bolsillos de la derecha. Todo lo que tenemos que hacer es recordar que los amarillos están en los bolsillos de la izquierda. Puedes poner tu mano cerca de tu bolsillo si quieres, pero no la pongas dentro, porque tocarás el Anillo amarillo y desaparecerás.

Así lo hicieron y se fueron calladamente hasta uno de los grandes pórticos que conducían al interior del edificio. Y cuando estuvieron en el umbral y pudieron mirar hacia adentro, vieron que no era tan oscuro como habían pensado al comienzo. Este conducía a un vasto y sombrío salón que parecía estar vacío; pero al otro lado había una hilera de columnas unidas por arcos y por aquellas bóvedas se filtraba un poco más la misma luz cansina. Cruzaron el salón, caminando con mucho cuidado por miedo a los hoyos del piso o a cualquier cosa que hubiera en él con la que pudieran tropezar. Les pareció una larga caminata. Cuando llegaron al otro lado, salieron por debajo de los arcos y se encontraron en otro patio más grande.

—Eso no parece muy seguro —dijo Polly, señalando un sitio donde el muro se abultaba hacia afuera y parecía listo para caer sobre el patio. En una parte faltaba una columna entre dos arcos y el pedazo que caía donde debería estar la punta de la columna colgaba sin nada que lo apoyase. Se veía claramente que el lugar había estado abandonado durante cientos, tal vez miles, de años.

–Si ha durado hasta ahora, supongo que durará un poquito más –dijo Dígory–. Pero tenemos que estar muy callados. Tú sabes que a veces el menor ruido hace que las cosas se caigan... como una avalancha en los Alpes.

Salieron de ese patio por otro portal, y subieron por un tramo de escalera y atravesaron grandes habitaciones que se sucedían una tras otra, hasta que te mareaba el solo tamaño del lugar. A veces pensaban que iban a salir al exterior y ver qué clase de ciudad se extendía alrededor del enorme palacio. Pero siempre desembocaban en un nuevo patio. Deben haber sido lugares magníficos cuando la gente aún vivía allí. En uno había habido una fuente. Quedaba un enorme monstruo de piedra con sus alas enteramente desplegadas y la boca abierta, y aún podías divisar un trozo de cañería al fondo de la boca, de la que solía verter agua. Debajo había una extensa taza de piedra para contener el agua; pero estaba seca como yesca. En otros sitios había palos marchitos de alguna clase de planta trepadora que se había enrollado alrededor de las columnas y había contribuido a botar algunas de ellas. Pero estaba muerta desde hacía años. Y no había hormigas ni arañas ni ninguna otra cosa viviente que esperarías encontrar en unas ruinas; y donde asomaba la tierra seca entre las losas quebradas no se veía ni pasto ni musgo.

Era todo tan triste y tan monótono que hasta Dígory estaba pensando que era mejor ponerse los Anillos amarillos y volver al cálido, verde y vivo bosque en el lugar intermedio, cuando llegaron ante dos inmensas puertas de un metal que probablemente podría ser oro. Una estaba ligeramente entreabierta. De modo que, por supuesto, fueron a mirar hacia adentro. Los dos retrocedieron y respiraron hondo: al fin había algo que merecía la pena ver.

Por un segundo pensaron que la sala estaba llena de gente, cientos de personas, todas sentadas, y todas perfectamente inmóviles. Polly y Dígory, como podrás adivinar, se quedaron también perfectamente inmóviles durante un largo rato, mirando. Pero en seguida decidieron que lo que estaban mirando no podía ser gente de verdad. No se advertía ni un solo movimiento ni el ruido de una respiración en ellos. Se parecían a las más maravillosas figuras de cera que hubieras visto jamás.

Esta vez fue Polly quien tomó la delantera. Había algo en esa habitación que le llamaba más la atención a ella que a Dígory: todas las figuras usaban suntuosos vestidos. Si es que te interesaba la ropa, no podías dejar de entrar para verlos más de cerca. Y el resplandor de sus colores hacía que la habitación fuera, no exactamente alegre, pero sí elegante y majestuosa después de todo el polvo y el vacío de las otras. Tenía más ventanas, también, y era muchísimo más clara.

Apenas puedo describir los trajes. Las figuras estaban todas vestidas de largo y llevaban coronas en sus cabezas. Sus trajes eran de color carmesí y gris plateado y púrpura profundo y vívido verde; y tenían diseños decorativos y dibujos de flores y bestias extrañas bordados en todas partes. Piedras preciosas de asombroso tamaño y brillo te contemplaban desde sus coronas y colgaban en cadenas de sus cuellos y se asomaban desde todos los lugares donde servían de broche.

—¿Por qué no se han deteriorado estos vestidos después de tanto tiempo? —preguntó Polly.

—Magia —murmuró Dígory—. ¿No la sientes? Apuesto a que esta sala está enteramente llena de encantamientos. Lo sentí desde que entramos.

—Cualquiera de estos vestidos debe costar cientos de libras —dijo Polly.

Pero a Dígory le interesaban más los rostros y, a decir verdad, eran dignos de ser examinados. La gente estaba sentada en sus sillas de piedra a ambos lados de la sala y no había muebles sobre el suelo en el centro. Podías caminar mirando las caras una por una.

—Era gente bonita, me parece —dijo Dígory.

Polly asintió. Todas las caras que alcanzaba a ver eran ciertamente bonitas. Tanto los hombres como las mujeres tenían aspecto bondadoso y sensato, y parecían pertenecer a una bella raza. Pero después de unos pocos pasos por la sala, los niños encontraron caras que les parecieron algo distintas. Eran rostros muy solemnes. Sentías que deberías tener mucho cuidado de no meter la pata si alguna vez encontrabas seres vivientes con esas caras. Al avanzar un poco más se vieron rodeados de rostros que no les gustaron; esto fue más o menos en la mitad de la sala. Aquí las caras tenía una expresión muy fuerte y orgullosa y feliz, pero cruel. Un poco más allá, eran más crueles. Y otro poco más allá, eran siempre crueles, pero ya no parecían felices. Eran incluso caras desesperadas: como si los seres a quienes pertenecían hubiesen hecho cosas atroces y además hubiesen tenido que soportar cosas atroces. La última de todas las figuras era la más interesante: una mujer vestida aun más lujosamente que las otras, muy alta (cada estatua que había en aquella sala era más alta que la gente de nuestro mundo), con una mirada de tal ferocidad y orgullo que te quitaba el aliento. Y, sin embargo, era a la vez muy hermosa. Años más tarde, cuando ya era anciano, Dígory decía que jamás había visto una mujer tan hermosa en toda su vida. También es justo agregar que Polly siempre dijo que ella no le encontró ninguna belleza especial.

Esta mujer, como decía, era la última; pero había una cantidad de sillas vacías a continuación de ella, como si la sala hubiese sido proyectada para una colección de estatuas muchísimo más grande.

–Me encantaría saber la historia que hay detrás de todo esto –dijo Dígory–. Vamos allá a mirar esa especie de mesa que hay en el medio de la sala.

Lo que había en el medio de la sala no era exactamente una mesa. Era un pilar cuadrado de alrededor de un metro veinte de alto, sobre el cual se elevaba un pequeño arco dorado del que pendía una campanita de oro;

colocado a su lado había un pequeño martillo de oro que servía para tocar la campana.

—Qué extraño..., qué extraño..., qué extraño... —dijo Dígory.

—Parece que hay algo escrito allí —señaló Polly, inclinándose para mirar el costado del pilar.

—Por Santa Tecla, parece que sí —dijo Dígory—. Pero claro que no vamos a ser capaces de leerlo.

—¿No seremos capaces? Yo no estoy tan segura —opinó Polly.

Ambos miraron con gran atención y, tal como tú esperabas, las letras grabadas en la piedra eran rarísimas. Pero de pronto sucedió algo maravilloso: mientras miraban, a pesar de que la forma de las extrañas letras no se alteró jamás, los niños se dieron cuenta de que podían entenderlas. Si Dígory hubiese recordado lo que él mismo había dicho pocos minutos antes de que el cuarto estaba encantado, habría adivinado que el hechizo empezaba a operar. Pero tenía demasiada curiosidad para pensar en eso. Ansiaba cada vez con más fuerza saber qué estaba escrito en el pilar. Y muy pronto ambos lo supieron. Lo que decía era algo así..., al menos este es el sentido aunque la poesía, cuando la leías allá, era mejor:

Escoge, aventurero desconocido:
golpea la campana y sométete a la aventura,
o pregúntate hasta la locura
qué hubiese entonces acontecido.

–¡Ni pensar! –exclamó Polly–. No queremos peligros.

–Pero ¿no te das cuenta de que es inútil –dijo Dígory–. No podemos zafarnos de esto ahora. Estaríamos siempre preguntándonos qué habría pasado si hubiéramos golpeado la campana. No pienso regresar a casa para después volverme loco pensando en todo eso. ¡Ni soñarlo!

–No seas tonto –repuso Polly–. ¡Como si pudiéramos siquiera dudarlo! ¿Qué importa lo que hubiera pasado?

–Me figuro que cualquiera que llegue hasta este extremo no puede dejar de pensarlo hasta que se vuelve loco. Esa es la magia de esto, ves. Siento que está ya empezando a operar en mí.

–Bueno, en mí no –dijo Polly, malhumorada–. Y tampoco te creo que te esté pasando a ti. Estás exagerando.

–Es que tú no sabes nada –replicó Dígory–. Es porque eres una niña. Las niñas nunca quieren saber nada más que de chismes y bromas sobre noviazgos.

–Te pones igual a tu tío Andrés cuando hablas así –dijo Polly.

—¿Para qué te sales del tema? —dijo Dígory—. Lo que estamos diciendo es...

—¡Qué frase tan típica de hombres! —exclamó Polly con tono de persona grande; pero agregó bien apurada, con su voz verdadera—: Y no me digas que hablo típicamente como una mujer, o serás un maldito imitador!

—Jamás se me pasaría por la mente llamar mujer a una mocosa como tú —respondió Dígory, con arrogancia.

—¡Ah!, ¿así que soy una mocosa, no? —dijo Polly, que ahora estaba realmente furiosa—. Bueno, no tendrás más la molestia de andar con una mocosa. Yo me voy. Estoy harta de este lugar. Y estoy harta de ti también..., ¡tú, grandísimo estúpido, petulante, porfiado!

—¡Córtala! —dijo Dígory, en un tono más antipático de lo que pretendía, porque vio que la mano de Polly se acercaba a su bolsillo para coger su Anillo amarillo.

No puedo disculpar lo que hizo en seguida, salvo decir que después lo lamentó de veras (al igual que muchos otros). Antes de que la mano de Polly llegara al bolsillo, él le cogió la muñeca, apoyando la espalda en su pecho. Luego, inmovilizando el otro brazo de ella con su codo, se inclinó hacia adelante, tomó el martillo y golpeó la campana de oro con un ligero y certero golpe. Entonces la soltó y se separaron mirándose cara a cara, jadeantes.

Polly comenzaba a llorar, no de miedo ni por que le había hecho doler tan atrozmente la muñeca, sino llena de la más furibunda cólera. Sin embargo, a los dos segundos tuvieron algo más en qué pensar, que los obligó a dejar de lado sus propias peleas.

En cuanto recibió el golpe, la campana emitió una nota, la nota más dulce que podría imaginar, y no muy fuerte. Pero en vez de ir cesando, continuó; y al continuar fue haciéndose más fuerte. Antes de un minuto era el doble de fuerte de lo que fue al comienzo. Pronto era tan fuerte que si los niños trataran de hablar (pero en estos momentos no pensaban en hablar..., sólo permanecían inmóviles con la boca abierta), no se habrían escuchado uno al otro. Luego fue tan fuerte que no se habrían escuchado uno al otro incluso gritando. Y todavía seguía aumentando: en una sola nota, un sonido continuado y dulce, aunque la dulzura tenía en sí algo horrible, hasta que todo el aire de la inmensa sala vibraba con él y podían sentir como el suelo de piedra temblaba bajo sus pies. Por fin, de pronto, comenzó a mezclarse con otro sonido, un ruido vago y desastroso, al principio como el estruendo de un tren distante, y luego como el estrépito de un árbol al caer. Oyeron algo semejante a la caída de un enorme peso. Finalmente, en medio de repentinos estallidos y truenos, y un

62

emblor que casi los botó, cerca de un cuarto del techo a un extremo de la sala se desmoronó, inmensos bloques de mampostería cayeron a su alrededor, y las paredes se balancearon. El ruido de la campana se extinguió. Se despejaron las nubes de polvo. Todo volvió a la calma.

Jamás se supo si la caída del techo se debió a la magia o si aquel sonido insoportablemente fuerte de la campana dio justo la nota que esas derrumbadas paredes no podían resistir.

—¡Ahí tienes! Espero que ahora estarás satisfecho —jadeó Polly.

—Bueno, ya pasó, de todos modos —repuso Dígory.

Y ambos creyeron que había pasado; pero nunca en sus vidas habían estado tan equivocados.

CAPÍTULO 5

La Palabra Deplorable

Los niños se miraban a través del pilar donde colgaba la campana temblando aún a pesar de que ya no daba una sola nota. De súbito es cucharon un ruido suave proveniente del fon do de la sala que no había sido dañado Rápidos como un relámpago, se volvieron a mirar qué era. Una de las figuras vestidas, la más lejana de todas, la mujer que Dígory en contraba tan bella, se estaba levantando de su silla. Cuando estuvo de pie, se dieron cuenta de que era mucho más alta de lo que habían creído. Y veías de inmediato, no sólo por su corona y por su manto, sino por el destello de sus ojos y por el gesto de sus labios, que era una Reina importante. Ella miró a su alrede dor y vio los daños de la sala y vio a los ni ños, pero por la expresión de su cara no podía adivinar qué pensaba de todo ello ni si estaba sorprendida. Avanzó con paso largo y ligero.

–¿Quién me ha despertado? ¿Quién ha roto el hechizo? –preguntó.

–Creo que debo haber sido yo –respondió Dígory.

–¡Tú! –exclamó la Reina, poniendo la mano sobre su hombro..., una mano blanca y her mosa, pero Dígory sintió que era fuerte como tenazas de acero–. ¿Tú? Pero si eres sólo un niño, un simple niño. Cualquiera puede ver a la primera mirada que no tienes una gota de sangre real en tus venas. ¿Cómo ha osado alguien como tú penetrar en esta mansión?

—Vinimos de otro mundo; por magia —contestó Polly, que pensaba que ya era tiempo de más de que la Reina se fijara en ella tanto como en Dígory.

—¿Es verdad? —dijo la Reina, siempre con los ojos clavados en Dígory y sin dar una sola mirada a Polly.

—Sí, es verdad —repuso Dígory.

La Reina colocó su otra mano bajo la barbilla de Dígory, obligándolo a levantarla, de modo que ella pudiese ver mejor su cara. Dígory trató de devolverle la mirada, pero pronto hubo de bajar los ojos. Había algo en los de ella que lo subyugaba. Después de examinarlo por más de un minuto, le soltó la barbilla y dijo:

—Tú no eres un mago. No tienes la marca. Debes ser solamente el criado de un mago. Es la magia de algún otro la que los ha hecho viajar hasta aquí.

—Fue mi tío Andrés —dijo Dígory.

En ese momento, no en la sala misma sino en algún otro lugar muy próximo, se sintió primero un ruido sordo, luego un crujido y después un estruendo de murallas y techos cayendo, y el suelo tembló.

–Hay gran peligro aquí –dijo la Reina– Todo se está derrumbando. Si no salimos, dentro de pocos minutos quedaremos sepultados bajo las ruinas.

Habló con tanta calma como si estuviera meramente diciendo qué hora era.

–Vengan –agregó, y tendió una mano a cada niño. Polly, a quien le disgustaba la Reina y, además, estaba resentida, no le habría permitido que tomara su mano, si hubiera podido evitarlo. Pero a pesar de que la Reina hablaba con mucha calma, sus movimientos eran rápidos como el pensamiento. Antes de que Polly entendiera lo que estaba sucediendo, su mano izquierda fue cogida por una mano mucho más grande y fuerte que la suya y no pudo impedirlo.

"Es una mujer terrible –pensó Polly–. Tiene fuerza como para quebrarme el brazo con sólo torcérmelo. Y ahora que me ha tomado la mano izquierda no puedo ponerme el Anillo amarillo. Y si tratara de alargar la mano derecha y meterla en mi bolsillo izquierdo, no alcanzaría a hacerlo antes de que ella me preguntara qué pretendía. Pase lo que pase, no debemos permitir que sepa lo de los Anillos. Espero que Dígory tenga la sensatez de quedarse con la boca cerrada. Ojalá pudiera hablar con él a solas."

La Reina los condujo fuera de la Sala de las Imágenes hasta un largo corredor y luego por un verdadero laberinto de salas y escaleras y patios. A cada instante escuchaban cómo se derrumbaban diferentes partes del enorme palacio, a veces muy cerca de ellos. Una vez un inmenso arco cayó retumbando sólo un momento después de que ellos lo habían atravesado. La Reina caminaba apresuradamente y los niños tenían que trotar para mantenerse a su paso, pero no mostraba señas de temor. Dígory pensaba: "Es maravillosamente valiente. Y fuerte. ¡Es lo que se llama una Reina! Espero que nos relate la historia de este lugar".

De hecho, les dijo algunas cosas mientras caminaban.

—Esa es la puerta a los calabozos —decía, o—: Ese pasadizo conduce a las principales salas de tortura —o bien—: Este era el antiguo salón de los banquetes donde mi bisabuelo ofreció un festín a setecientos nobles y los asesinó después de que hubieran bebido hasta la saciedad. Habían tenido intenciones de rebelarse.

Luego llegaron a una sala más grande e imponente que cualquiera de las que habían visto. Por su tamaño y por las enormes puertas al fondo, Dígory pensó que ahora al fin debían haber llegado a la entrada principal. Y en esto sí que estaba en lo cierto. Las puertas eran negrísimas, de ébano o de algún metal negro que no se encuentra en nuestro mundo. Las cerraban grandes trancas, la mayoría demasiado altas para alcanzarlas y demasiado pesadas para levantarlas Dígory se preguntaba qué harían para salir.

La Reina le soltó la mano y alzó su brazo. Se enderezó en toda su estatura y se quedó rígida. Luego dijo algo que ellos no pudieron entender, pero que sonaba horroroso, e hizo un gesto como si estuviese arrojando algo contra las puertas. Y aquellas altas y pesadas puertas temblaron por la fracción de un segundo como si fueran de seda y luego se derrumbaron hasta que no quedó nada más que un montón de polvo sobre el umbral.

—¡Pfiu! —silbó Dígory.

—¿Tiene tu amo el mago, tu tío, un poder como el mío? —le preguntó la Reina, asiendo firmemente la mano de Dígory otra vez—. Pero ya lo sabré más tarde. Entretanto recuerden lo que han visto. Esto es lo que les pasa a las cosas y a la gente que se ponen en mi camino.

Una luz mucho más clara que la que habían visto hasta ahora en ese sitio entraba a través de la puerta ahora abierta, y cuando la Reina los hizo cruzarla, no se sorprendieron de encontrarse al aire libre. El viento que les daba en la cara era frío y, sin embargo, no sé por qué era viciado. Se hallaban en una alta terraza y de allí contemplaban el amplio paisaje que se extendía a sus pies.

Muy abajo y cerca del horizonte colgaba un enorme sol rojo, mucho más grande que nues-

tro sol. Dígory pensó de inmediato que además era más viejo que el nuestro; era un sol cercano al fin de su vida, cansado de posar su mirada desdeñosa sobre aquel mundo. A la derecha del sol, y más arriba, había una estrella solitaria, grande y brillante. Eran las únicas dos cosas que se veían en ese cielo oscuro; formaban un tétrico grupo. Y en la tierra, en todas direcciones, hasta donde alcanzaban a ver, se extendía una vasta ciudad en la cual no se veía cosa viviente. Y todos los templos, torres, palacios, pirámides y puentes arrojaban sombras largas de aspecto catastrófico a la luz de aquel sol marchito. Alguna vez un gran río había atravesado la ciudad, pero hacía tiempo que el agua se había ido consumiendo y ahora era nada más que un ancho zanjón de polvo gris.

—Miren bien lo que ningún ojo volverá a ver —dijo la Reina—. Esta era Charn, la gran ciudad, la ciudad del Rey de Reyes, la maravilla del mundo, quizás de todos los mundos. ¿Gobierna tu tío una ciudad tan grandiosa como ésta, muchacho?

—No —respondió Dígory. Iba a explicarle que el tío Andrés no gobernaba ninguna ciudad, pero la Reina prosiguió.

—Está silenciosa ahora. Pero yo he estado aquí cuando el aire se llenaba de todos los ruidos de Charn; el peso de las pisadas, el cruji-

70

do de las ruedas, el chasquido de los látigos y el gemir de los esclavos, el tronar de los carruajes y los tambores de sacrificio redoblando en los templos. He estado aquí, pero eso fue hacia el final, cuando el rugido de la batalla subió de cada una de las calles y el río de Charn se tornó rojo –hizo una pausa y agregó–: En un solo instante, una mujer lo aniquiló todo para siempre.

–¿Quién? –preguntó Dígory, con voz desmayada; pero ya había adivinado la respuesta.

–Yo –contestó la Reina–. Yo, Jadis, la última Reina, pero la Reina del Mundo.

Los dos niños se quedaron callados, tiritando en el viento helado.

–Fue por culpa de mi hermana –dijo la Reina–. Ella me obligó a hacerlo. ¡Que la maldición de todos los poderes caiga sobre ella eternamente! Yo estuve siempre dispuesta a hacer las paces..., sí, y también a perdonarle la vida si me hubiera cedido el trono. Pero no me lo cedió. Su orgullo ha destruido el mundo entero. Incluso después de comenzar la guerra hicimos la solemne promesa de que ningún bando usaría magia. Pero cuando ella rompió su promesa, ¿qué podía hacer yo. ¡Estúpida! Como si no supiera que yo poseía mucho más magia que ella. Hasta sabía que yo tenía el secreto de la Palabra Deplorable. ¿Habrá pensado, siempre fue una pusilánime, que yo no la iba a usar?

–¿Cuál era? –preguntó Dígory.

–Ese era el más secreto de los secretos –replicó la Reina Jadis–. Desde tiempos inmemoriables los grandes reyes de nuestra raza supieron que había una palabra que, si se pronunciaba con las debidas ceremonias, podía destruir todo lo viviente, excepto a la persona que la pronunciaba. Pero los reyes de antaño eran débiles y blandos de corazón y se comprometieron con grandes juramentos a que ni ellos ni los que los sucedieran jamás intentarían siquiera conocer esa palabra. Pero yo la aprendí en un lugar recóndito y pagué un precio terrible por ella. No la utilicé hasta que mi hermana me forzó a hacerlo. Luché y luché para vencerla por otros medios. Derramé la sangre de mis ejércitos como si fuera agua...

–¡Salvaje! –murmuró Polly.

–La gran batalla final –dijo la Reina– hizo estragos con incontenible violencia durante tres días aquí en la propia Charn. Durante tres días la contemplé desde este mismo sitio. No usé mi poder hasta que cayó el último de mis soldados, y hasta que la maldita mujer, mi hermana, a la cabeza de sus rebeldes, estuvo al medio de aquella escalera enorme que conduce de la ciudad a la terraza. Entonces esperé hasta que estuvimos tan cerca que podíamos ver nuestros rostros. Ella me clavó sus horribles ojos malvados y dijo: "Victoria". "Sí", dije yo, "victoria, pero no tuya". Y pronuncié la Palabra Deplorable. Un instante más tarde yo era el único ser viviente bajo el sol.

—¿Y la gente? —jadeó Dígory.

—¿Qué gente, muchacho? —preguntó la Reina.

—Toda la pobre gente —replicó Polly— que no te había hecho nunca ningún daño. Y las mujeres, y los niños, y los animales.

—¿No entiendes? —dijo la Reina, todavía dirigiéndose a Dígory—. Yo era la Reina. Ellos eran *mi* gente. ¿Para qué otra cosa estaban allí sino para hacer mi voluntad?

—Bastante mala suerte tuvieron, a pesar de todo —comentó Dígory.

—Me olvidé de que tú eres solamente un niño común y corriente. ¿Cómo podrías entender las razones de Estado? Tienes que aprender, niño, que lo que sería incorrecto para ti o para cualquiera persona común, no lo es para una gran Reina como yo. Llevamos el peso del mundo sobre nuestros hombros. Debemos estar liberadas de todas las reglas. El nuestro es un destino superior pero solitario.

Dígory recordó de súbito que el tío Andrés había usado exactamente las mismas palabras. Pero sonaban mucho más grandiosas cuando las decía la Reina Jadis; tal vez porque el tío Andrés no medía dos metros de estatura ni era deslumbrantemente hermoso.

–¿Y entonces qué hiciste? –preguntó Dígory.

–Yo había ya lanzado fuertes hechizos en la sala donde estaban las imágenes de mis ancestros. Y la fuerza de aquellos hechizos consistía en que yo debía dormir en medio de ellos, como una imagen más, sin necesidad de alimento ni fuego, aunque pasaran mil años, hasta que alguien llegase y tocara la campana y me despertara.

–¿Fue la Palabra Deplorable la que puso así el sol? –preguntó Dígory.

–¿Así como qué? –preguntó a su vez Jadis.

–Tan grande, tan rojo y tan helado.

–Siempre ha sido así –repuso Jadis–. Al menos, por cientos de miles de años. ¿Tienen ustedes una clase diferente de sol en vuestro mundo?

–Sí, es más chico y más amarillo. Y da muchísimo más calor.

La Reina dejó oír un larguísimo "¡A... a... ah!" Y Dígory vio en su rostro la misma mirada ávida y codiciosa que había visto últimamente en el de su tío Andrés.

–Entonces –dijo–, tu mundo es más joven.

Ella calló por un momento, miró una vez más la ciudad desierta –y si se arrepentía del mal que había hecho no lo demostró– y luego dijo:

–Bueno, vámonos ya. Hace frío aquí al final de todos los tiempos.

–¿Dónde iremos? –preguntaron los niños.

–¿Dónde? –repitió Jadis, sorprendida–. A tu mundo, por supuesto.

Polly y Dígory se miraron uno al otro, espantados. A Polly le había desagradado la Reina desde el principio; y aun Dígory, ahora que había escuchado la historia, pensaba que ya la había visto mucho más de lo que hubiera querido. Ella no era, ciertamente, la clase de persona que uno quisiera llevar a casa. E incluso si hubieran querido, no sabrían cómo hacerlo. Lo que deseaban era escapar; pero Polly no podía sacar su Anillo y, por supuesto, Dígory no se iría sin ella. Dígory se puso colorado y tartamudeó:

–Oh... ah... nuestro mundo. No s... s... sabía que quisieras ir allá.

–¿Para qué otra cosa los enviaron sino para venir a buscarme a mí? –preguntó Jadis.

–Estoy seguro de que no te gustaría nada nuestro mundo –dijo Dígory–. No es su tipo de mundo, ¿no es cierto, Polly? Es muy aburrido; no vale la pena conocerlo, realmente.

–Pronto valdrá la pena verlo, cuando yo lo gobierne –contestó la Reina.

–Pero es que no podrás –insistió Dígory–. No es tan fácil. No te lo permitirán, créeme.

La Reina lo miró con una sonrisa despectiva.

–Muchos grandes reyes –dijo– pensaron que podían enfrentarse a la Casa de Charn. Pero todos cayeron, y hasta sus nombres han sido olvidados. ¡Niño estúpido! ¿Crees que yo, con mi belleza y mi magia, no tendré a tu mundo entero a mis pies antes de que pase un año? Preparen sus conjuros y llévenme allí de inmediato.

—Esto es lo más espantoso que hay —dijo Dígory a Polly.

—Quizás tienes miedo por ese tío tuyo —continuó Jadis—. Pero si me honra como es debido, conservará su vida y su trono. No iré a pelear contra *él*. Debe ser un gran mago, ya que ha encontrado la manera de enviarte hasta acá. ¿Es el rey de todo tu mundo o de sólo una parte?

—No es el rey de ninguna parte —repuso Dígory.

—Mientes —dijo la Reina—. ¿No va la magia siempre unida a la sangre real? ¿Quién escuchó alguna vez decir que la gente común sepa de magia? Puedo ver la verdad, así la digas o no. Tu tío es el gran Rey y el gran Hechicero de tu mundo. Y por sus artes mágicas ha visto la sombra de mi rostro, en algún espejo mágico o en algún estanque encantado; y, enamorado de mi belleza, ha formulado un potente hechizo que ha remecido tu mundo hasta sus cimientos y te ha enviado a través del inmenso golfo entre mundo y mundo a pedirme que por favor te deje llevarme a él. Respóndeme: ¿no es así como ha sucedido?

—Bueno, no *exactamente* —respondió Dígory.

—¡No exactamente! —gritó Polly—. Pero si son puras tonterías, de principio a fin.

—¡Insolente! —vociferó la Reina, volviéndose furiosa hacia Polly y tirándole el pelo en la parte de arriba de la cabeza, donde más duele. Pero al hacerlo soltó las manos de ambos niños.

—¡Ahora! —gritó Dígory.

—¡Rápido! —gritó Polly.

Metieron sus manos izquierdas en los bolsillos. No tuvieron necesidad de ponerse siquiera los Anillos. En cuanto los tocaron, todo aquel mundo triste desapareció de su vista. Subían a toda velocidad y se acercaban a una cálida luz verde.

CAPÍTULO 6

El comienzo de las desventuras del tío Andrés

–¡Suéltame, suéltame! –gritaba Polly.

–¡Ni siquiera te estoy tocando! –protestó Dígory.

Luego sus cabezas emergieron de la poza y, una vez más, los envolvió la asoleada quietud del Bosque entre los Mundos, que parecía estar más delicioso y tibio y apacible que nunca después de la ranciedad y las ruinas del lugar que acababan de abandonar. Creo que si hubieran tenido la oportunidad, nuevamente habrían olvidado quiénes eran y de dónde venían, y se habrían recostado y se habrían entretenido, medio adormilados, escuchando crecer los árboles. Pero esta vez había algo que los mantenía totalmente despiertos: pues junto con salir al pasto, se dieron cuenta de que no estaban solos. La Reina, o la Bruja (como quieras llamarla), había subido con ellos, aferrada firmemente del cabello de Polly. Por eso Polly había gritado "¡Suéltame!"

Esto probó, digámoslo francamente, que había otra cosa sobre los Anillos que el tío Andrés no le había dicho a Dígory, porque él mismo no lo sabía. Para saltar de mundo en mundo usando uno de esos Anillos no es necesario que lo lleves puesto o que lo toques tú mismo; basta con que toques a alguien que lo está tocando. De ese modo actúan como un imán; y todos saben que si recoges un alfiler con un imán, recogerás también cualquier otro alfiler que esté en contacto con el primero.

Claro que ahora en el Bosque la Reina Jadis se veía diferente. Estaba mucho más pálida que antes; tan pálida que apenas le quedaba algo de su hermosura. Se había encorvado y parecía que le costaba respirar, como si el aire de aquel lugar la sofocara. Ninguno de los niños le tuvo miedo ahora.

—¡Suéltame! Suéltame el pelo —dijo Polly—. ¿Qué pretendes?

—¡Oye! Suéltale el pelo. De inmediato —ordenó Dígory.

Se le fueron los dos encima y forcejearon con ella. Eran más fuertes y en pocos segundos la obligaron a soltarlo. Retrocedió tambaleándose, jadeante, y en sus ojos asomó una mirada de terror.

—¡Rápido, Dígory! —dijo Polly—. Cambia los Anillos y a la poza del regreso.

—¡Auxilio! ¡Auxilio! ¡Piedad! —gritó la Bruja, con voz apagada, tambaleándose en pos de ellos—. Llévenme con ustedes. No es posible que piensen dejarme en este horrible lugar. Me está matando.

—Es una razón de Estado —dijo Polly, malévolamente—. Como cuando mataste a toda esa gente de tu propio mundo. Apúrate, Dígory.

Ya se habían puesto los Anillos verdes, pero Dígory dijo:

–¡Qué atroz! ¿*Qué* deberíamos hacer? –No podía evitar sentir un poco de lástima por la Reina.

–No seas burro –dijo Polly–. Te apuesto diez a uno que ella está sólo fingiendo. Ven, por favor.

Y entonces los niños se sumergieron en la poza.

"Qué bueno fue haber dejado esa señal", se dijo Polly.

Pero cuando saltaron, Dígory sintió que un dedo y un pulgar largos y fríos le apretaban una oreja. Y a medida que se hundían y que las confusas formas de su propio mundo comenzaban a aparecer, la presión de aquellos dedos se hacía más fuerte. Aparentemente, la Bruja iba recuperando sus fuerzas. Dígory luchó y lanzó patadas, pero no sirvió de nada. Al poco rato se encontraron en el estudio del tío Andrés; y allí estaba el tío Andrés, contemplando aquella maravillosa criatura que Dígory había traído de más allá del mundo.

Y hacía bien en contemplarla. Dígory y Polly también la contemplaban. No cabía duda de que la Bruja se había repuesto de su desmayo; y ahora que la veías en este mundo, rodeada de cosas normales, sencillamente te dejaba sin aliento. En Charn había sido bastante alarmante; en Londres, era terrorífica. En primer lugar, hasta este momento no se habían dado cuenta de lo grande que era. "Casi no es humana", fue lo que pensó Dígory al mirarla; y debe haber tenido razón, pues dicen que la familia real de Charn tiene sangre de gigantes. Pero hasta su estatura era nada comparada con su belleza, su ferocidad y su braveza. Parecía estar diez veces más viva que la mayoría de la gente que uno se topa en Londres. El tío Andrés hacía reverencias y se sobaba las manos y tenía aspecto, a decir verdad, de estar sumamente asustado. Parecía un enanito al lado de la Reina. Y, sin embargo, como diría Polly más tarde, había una cierta semejanza entre la cara de la Bruja y la suya, algo en la expresión. Era la mirada que todos los magos malvados tienen, la "Marca" que Jadis dijo no encontrar en la cara de Dígory. Lo bueno de verlos a ambos juntos fue que nunca más le tendrías miedo al tío Andrés, como no podrías tenerle miedo a un gusano después de haberte encontrado con una serpiente cascabel, o como no podrías tenerle miedo a una vaca después de haberte enfrentado a un toro furioso.

"¡Puf! –pensó Dígory para sí–. ¡*Él*, un mago! ¡Qué se ha creído! *Ella* es la verdadera maga."

El tío Andrés seguía sobándose las manos y haciendo reverencias. Trataba de decir algo muy cortés, pero se le había secado tanto la boca que no podía hablar. Su "experimento" con los Anillos, como él lo llamaba, resultaba más exitoso de lo que hubiese querido: pues aunque era aficionado a la magia desde hacía años, siempre había dejado los peligros (en la medida en que uno puede) a otras personas. Jamás le había sucedido antes algo semejante.

Entonces Jadis habló, no muy fuerte, pero había algo en su voz que hacía que todo el cuarto trepidara.

–¿Dónde está el Mago que me ha traído a este mundo?

–¡Ah..., ah...!, señora –resolló el tío Andrés–. Tengo el alto honor..., me alegro profundamente..., el placer más inesperado..., si sólo hubiera tenido la ocasión de hacer algunos preparativos..., yo..., yo...

–¿Dónde está el Mago, idiota? –dijo Jadis.

–Soy..., soy yo, señora. Espero que perdonará cualquiera... ee... familiaridad que se hayan tomado estos pícaros niños. Le aseguro que no tenía ninguna intención...

–¡Tú! –exclamó la Reina, en un tono aún más terrible.

Luego, de una sola zancada, atravesó la sala, agarró un buen mechón del canoso cabello del tío Andrés y le echó hacia atrás la cabeza, de manera que su rostro mirara directamente al suyo. Examinó su cara tal como había examinado la de Dígory en el palacio de Charn. Él parpadeaba y se pasaba con nerviosismo la lengua por los labios. Al final lo soltó, tan de repente, que se fue a estrellar tambaleándose contra la pared.

—Ya veo —dijo desdeñosamente—, eres un mago... bastante insignificante. Párate, perro, y no te quedes echado en el suelo como si estuvieras hablando con tus iguales. ¿Cómo has llegado a saber de magia? *Tú* no eres de sangre real, podría jurarlo.

—Bueno..., ee..., tal vez en el sentido estricto —tartamudeó el tío Andrés—. No exactamente real, señora. Sin embargo, los Ketterley somos una familia muy antigua. Una antigua familia de Dorsetshire, señora.

—¡Silencio! —dijo la Bruja—. Ya sé lo que eres. Eres un mísero mago de poca monta que practica lo que ha aprendido en instrucciones y libros. No hay verdadera magia en tu sangre ni en tu corazón. Tu especie se extinguió en mi mundo hace miles de años. Pero aquí te permitiré ser mi criado.

—Estaría muy contento..., encantado de poder servirla..., u... u... un pla... placer, se lo aseguro.

—¡Silencio! Hablas demasiado. Escucha: esta es tu primera tarea. Me doy cuenta de que estamos en una ciudad grande. Consígueme de inmediato un carruaje o una alfombra voladora o un dragón bien amaestrado o cualquiera cosa que sea lo habitual en este país para la gente de la realeza y de la nobleza. En seguida, llévame a sitios donde pueda comprar vestidos y joyas y esclavos apropiados a mi rango. Mañana comenzaré la conquista del mundo.

–I... i... iré en el acto a llamar un coche de alquiler –jadeó el tío Andrés.

–Detente –dijo la Bruja, justo cuando él llegaba a la puerta–. Ni sueñes en traicionarme. Mis ojos pueden ver a través de las murallas y dentro de la mente de los hombres. Te seguirán por dondequiera que vayas. Al primer signo de desobediencia lanzaré contra ti tales hechizos que cualquiera parte donde te sientes será como acero candente y dondequiera que te acuestes habrá bloques de hielo a tus pies. Y ahora, vete.

El anciano salió como un perro con la cola entre las piernas.

Los niños temían que ahora Jadis les dijera algo sobre lo que había pasado en el bosque. Mas, sin embargo, ella jamás lo mencionó ni entonces ni después. Yo creo (y Dígory también lo cree) que tenía una mente incapaz de recordar ese lugar apacible; por mucho que la llevaras allá frecuentemente y la dejaras ahí largo tiempo, no lograría saber nada de él. Ahora que se había quedado sola con los niños, no les prestó la menor atención a ninguno de los dos. Y eso era muy propio de ella también.

En Charn había ignorado a Polly hasta el último, porque era a Dígory a quien ella quería utilizar. Ahora que tenía al tío Andrés, no tomaba en cuenta a Dígory. Me imagino que la mayoría de las brujas serán así. No se interesan en cosas o en personas a menos que puedan utilizarlas; son terriblemente prácticas. De modo que hubo silencio en la sala durante un par de minutos. Pero por la manera en que Jadis golpeaba con el pie en el suelo, te dabas cuenta de que comenzaba a impacientarse.

De pronto dijo, como para sí misma:

–¿Qué estará haciendo ese viejo tonto? Debí haber traído un látigo.

Salió con paso majestuoso en busca del tío Andrés, sin dar ni una mirada a los niños.

–¡Puf! –exclamó Polly, dejando escapar un largo suspiro de alivio–. Y ahora, me voy a casa. Es atrozmente tarde. ¡Me va a llegar!

–Está bien, pero vuelve lo antes que puedas –dijo Dígory–. Es simplemente espeluznante tenerla aquí. Tenemos que idear algún plan.

–Eso depende de tu tío ahora –dijo Polly–. Fue él quien empezó todo este enredo de jugar a la Magia.

–Como sea, ¿volverás, no es cierto? ¡Demonios no me puedes dejar solo en un lío como éste!

–Me iré a casa por el túnel –respondió Polly, en un tono más bien frío–. Es el camino más rápido. Y si quieres que vuelva, ¿no sería mejor que dijeras que te arrepientes?

–¿Arrepentirme? –exclamó Dígory–. ¡Dime si eso no es típico de las niñas! ¿Qué he hecho *yo*?

–¡Oh!, nada, por supuesto –replicó Polly, sarcásticamente–. Sólo que casi me torciste la muñeca en esa sala de las figuras de cera, como un cobarde peleador. Sólo que tocaste la campana con el martillo, como un tonto idiota. Sólo que regresaste al bosque para que ella tuviera tiempo de aferrarse a ti antes de que saltáramos a nuestra poza. Eso es todo.

–¡Oh! –dijo Dígory muy sorprendido–. Bueno, muy bien, diré que me arrepiento. Y en realidad siento mucho lo que pasó en la sala de las figuras de cera. Ahí tienes: ya dije que lo siento. Y ahora, sé buena y vuelve. Me veré en un problema horrendo si no vuelves.

–No veo qué es lo que te va a pasar a ti. Es el señor Ketterley el que se va a sentar en sillas de acero al rojo y el que tendrá hielo en su cama, ¿no es así?

–No se trata de ese tipo de cosas –dijo Dígory–. Lo que me preocupa es mi madre. Suponte que esa criatura entre en su pieza. Le daría un susto mortal.

–¡Ah!, ya veo –dijo Polly con un tono de voz muy diferente–. Está bien. No discutamos más. Volveré... si es que puedo. Pero ahora debo irme.

Y se fue reptando por la puertecita del túnel; y ese lugar oscuro en medio de las vigas que les había parecido tan emocionante y peligroso hacía unas pocas horas, ahora le parecía sumamente aburrido y sin atractivo.

Y en este punto es preciso volver con el tío Andrés. Su pobre y viejo corazón latía desordenadamente mientras bajaba haciendo eses por la escalera del desván y se enjugaba repetidamente la frente con un pañuelo. Cuando llegó a su dormitorio, que estaba en el piso de abajo, se encerró con llave. Y lo primero que hizo fue buscar a tientas en su ropero una botella y una copa que siempre escondía allí, donde la tía Letty no podría encontrarla. Se sirvió una copa llena de algún repugnante licor de los que les gustan a los mayores y se lo bebió de un solo trago. Después lanzó un hondo suspiro.

"¡Por mi honor! —se dijo—. Estoy tremendamente perturbado. ¡Esto es muy desconcertante! ¡Y a estas alturas de mi vida!"

Se sirvió una segunda copa y se la bebió; luego empezó a cambiarse ropa. Nunca has visto ropa como aquélla, pero yo la recuerdo muy bien. Se puso un cuello almidonado, muy alto e impecable, de esos que te hacen tener la barbilla en alto todo el tiempo. Se puso un chaleco blanco con dibujos y se colgó su reloj de oro atravesado por delante. Se puso su mejor levita, la que guardaba para los casamientos y los funerales. Sacó su mejor sombrero de copa y lo escobilló. Había un florero con flores (puesto por la tía Letty) sobre el velador; tomó una y la colocó en su ojal. Sacó un pañuelo limpio (uno precioso, de los que no se pueden comprar hoy en día) del cajoncito de la izquierda y le echó unas gotas de perfume. Tomó su monóculo, con su gruesa cinta negra, y se lo ajustó al ojo; después se miró al espejo.

Los niños tienen sus tonteras, como tú sabes, y los grandes tienen las suyas. En estos momentos el tío Andrés comenzó a hacer tonteras al estilo de los grandes. Ahora que la Bruja no estaba con él en la misma habitación, se olvidó rápidamente del susto que lo había hecho pasar y se puso a pensar más y más en su maravillosa belleza. Se repetía a cada instante: "Una mujer divina, sí señor, una mujer absolutamente divina. Una criatura soberbia". Se las había arreglado de algún modo para olvidar que fueron los niños quienes habían encontrado esta "criatura soberbia": se convenció de que había sido él quien, gracias a sus artes mágicas, la había hecho venir de mundos ignotos.

"Andrés, hijo mío –dijo para sí mismo, mirándose al espejo–, eres un tipo endiabladamente bien conservado para tu edad. Un hombre de aspecto distinguido, sí señor."

Y es que el viejo necio empezaba realmente a imaginarse que la Bruja se enamoraría de él. Es probable que el par de tragos tuviera algo que ver en esto, y también el tener puestas sus mejores galas. Pero, como sea, era vanidoso como un pavo real; por eso se había dedicado a mago.

Abrió la puerta, fue al piso bajo, mandó a la criada a buscar un cabriolé (todo el mundo tenía montones de sirvientes en aquellos días) y se asomó al salón. Allí, tal como lo esperaba, encontró a la tía Letty. Estaba arrodillada parchando afanosamente un colchón extendido en el suelo junto a la ventana.

—¡Ah!, Leticia querida —dijo el tío Andrés—, tengo..., ah..., tengo que salir. Préstame unas cinco libras, sé buena *niña* ("niña" era su manera de decir niña).

—No, querido Andrés —dijo tía Letty con su voz firme y serena, sin levantar la vista de su trabajo—. Te he dicho incontables veces que *no* te prestaré dinero.

—Hazme el favor de no ponerte difícil, mi querida *niña* —dijo el tío Andrés—. Es muy importante. Me pondrás en una situación endemoniadamente violenta si no me lo prestas.

—Andrés —repuso tía Letty, mirándolo fijamente a la cara—, me asombra que no te dé vergüenza pedirme dinero a *mí*.

Había toda una larga y aburrida historia típica de adultos detrás de esas palabras. Basta que sepas que el tío Andrés, entre "administrarle los asuntos financieros a la querida Letty", y no trabajar jamás en ninguna cosa, y acumular abultadas cuentas en coñac y cigarros (que tía Letty pagaba una y otra vez), la había dejado muchísimo más pobre de lo que era treinta años atrás.

–Mi querida *ñiña* –dijo el tío Andrés–, no comprendes. Voy a tener unos gastos bastante inesperados hoy día. Tengo que hacer una pequeña atención. Vamos, no seas pesada.

–¿Y a quién, te ruego que me digas, vas a atender *tú*, Andrés? –preguntó tía Letty.

–A... acaba de llegar una visita extremadamente distinguida.

–¡Distinguidas tonterías! –repuso tía Letty–. No ha sonado la campana desde hace horas.

En ese momento la puerta se abrió súbitamente de par en par. La tía Letty miró y, con gran asombro, vio que una enorme mujer, espléndidamente ataviada, con sus brazos desnudos y ojos llameantes, estaba de pie en el umbral. Era la Bruja.

CAPÍTULO 7

Lo que sucedió en la puerta de entrada

–Y bien, esclavo, ¿hasta cuándo voy a esperar mi carruaje? –tronó la Bruja.

Presa de terror, el tío Andrés se hizo a un lado, encogido y tembloroso. Ahora que estaba verdaderamente en su presencia, todas las absurdas ideas que se le ocurrieron mientras se miraba al espejo se esfumaron poco a poco. En cambio tía Letty se incorporó inmediatamente y se paró en el centro del salón.

–¿Y quién es esta joven, Andrés, se podría saber? –dijo en tono muy frío.

–Distinguida extranjera..., ppp... persona muy importante –tartamudeó él.

–¡Estupideces! –exclamó tía Letty, y volviéndose hacia la Bruja, agregó–: Sal de mi casa en este mismo momento, pícara sinvergüenza, o haré llamar a la policía.

Creía que la Bruja venía de algún circo y no aprobaba sus brazos desnudos.

–¿Quién es esa mujer? –dijo Jadis–. Arrodíllate sierva, antes de que te haga volar en mil pedazos.

–Nada de palabras groseras en esta casa, si me hace el favor, joven –dijo tía Letty–.

Al instante, según le pareció al tío Andrés, la Reina se irguió y creció a una estatura mucho más alta. Sus ojos despedían llamas; extendió súbitamente un brazo con el mismo gesto y las mismas palabras que sonaban tan horribles con las que había convertido en polvo las puertas del palacio de Charn. Pero lo único que sucedió fue que tía Letty, pensando que aquellas palabras horribles pretendían ser dichas en inglés, dijo:

–Ya me lo figuraba. La mujer está borracha. ¡Borracha! No puede ni hablar con claridad.

Debe haber sido un momento terrible para la Bruja cuando comprendió de súbito que su poder para volver polvo a la gente, que había sido muy real en su propio mundo, no funcionaba en el nuestro. Pero no perdió su sangre fría ni por un segundo. Sin detenerse a lamentar su desilusión, se abalanzó contra la tía Letty, la cogió por el cuello y por las rodillas, la levantó por encima de su cabeza como si pesara menos que una muñeca, y la arrojó al otro lado de la habitación. Cuando aún tía Letty volaba por los aires, la criada (que estaba disfrutando de una mañana fascinantemente emocionante) asomó la cabeza por la puerta y dijo:

–Permiso, señor, ya llegó el "cauriolé".

–Guíame, esclavo –dijo la Bruja, dirigiéndose al tío Andrés.

Él empezó a murmurar algo sobre "una violencia lamentable..., debo realmente protestar", pero a una simple mirada de Jadis se quedó mudo. Ella lo obligó a salir de la habitación y

de la casa; y Dígory alcanzó a bajar las escalas corriendo justo a tiempo para ver que la puerta de entrada se cerraba tras ellos.

–¡Caracoles! –exclamó–. Anda suelta por todo Londres. Y con el tío Andrés. Quisiera saber qué irá a pasar ahora.

–¡Ay!, don Dígory –dijo la criada, para quien éste era un día verdaderamente maravilloso–, creo que la señorita Ketterley se ha lastimado.

Ambos corrieron al salón para saber qué había pasado.

Si la tía Letty hubiera caído en las tablas o incluso sobre la alfombra, supongo que se habría quebrado todos los huesos, pero, con una suerte inmensa, cayó sobre el colchón. La tía Letty era una anciana muy tenaz; así eran generalmente las tías en aquellos días. Después de tomar un poco de sales y quedarse sentada breves minutos, dijo que no le había pasado nada, fuera de algunos moretones. Muy pronto asumió el mando de la situación.

–Sara –dijo a la criada, que nunca antes lo había pasado tan bien–, ve de inmediato a la policía y diles que hay una lunática peligrosa que anda suelta. Yo misma le llevaré su almuerzo a la señora Kirke.

La señora Kirke era, por supuesto, la madre de Dígory.

Cuando se le hubo servido el almuerzo a su madre, Dígory y tía Letty almorzaron también. Después de lo cual él se sumió en profunda meditación.

El problema era cómo devolver a la Bruja a su propio mundo, o como fuera sacarla del nuestro lo antes posible. Suceda lo que suceda, no debe permitírsele andar como loca desbocada por la casa. Su mamá no debe verla. Y, si fuera posible, tampoco debe permitírsele a la Bruja andar como loca desbocada por todo Londres. Dígory no estaba en el salón cuando ella trató de "pulverizar" a tía Letty, pero la había visto cuando "pulverizó" las puertas en Charn, de manera que conocía sus terribles poderes y no sabía que hubiera perdido alguno de ellos al entrar en nuestro mundo. Y sabía que ella pretendía conquistarlo. En estos momentos, a su modo de entender, debía estar haciendo añicos el Palacio de Buckingham o el Parlamento; y era casi seguro que un buen número de policías debían haber sido reducidos a un montón de polvo. Y aparentemente no había nada que él pudiera hacer al respecto.

"Pero parece que los Anillos actúan como imán –pensó Dígory–. Si solamente lograra tocarla y luego ponerme el amarillo, llegaríamos los dos al Bosque entre los Mundos. ¿Se irá a desmayar allá otra vez? ¿Será algo que le produce ese lugar, o será solamente la conmoción de ser arrancada de su propio mundo? Pero creo que tendré que correr ese riesgo. ¿Y cómo voy a encontrar a esa fiera? No creo que la tía Letty me deje salir, a menos que le diga dónde voy. Y no me quedan más que algunas monedas. Necesitaría cualquier cantidad de dinero para buses y tranvías si me pongo a buscarla por todo Londres. De todas maneras, no tengo ni la más remota idea de dónde buscarla. Me pregunto si el tío Andrés estará aún con ella."

Al final consideró que la única cosa que podía hacer era esperar con la ilusión de que el tío Andrés y la Bruja regresarían. Si lo hacían, tendría que correr a sujetar a la Bruja y ponerse su Anillo amarillo antes de que ella tuviera la oportunidad de entrar a la casa. Lo que significaba que tendría que vigilar la puerta de entrada como un gato que monta guardia ante la cueva de un ratón; no se atrevería a abandonar su puesto ni por un segundo. Fue, por lo tanto, al comedor y "pegó su cara", como dicen, a la ventana. Era un *bow-window** desde el cual veías los peldaños hasta la puerta de entrada y podías también ver la calle de arriba abajo, de modo que nadie llegaba a la puerta sin que tú lo supieras.

–¿Qué estará haciendo Polly? –se preguntaba Dígory.

---

* *Bow-window:* Ventana que sobresale de la muralla de una casa hacia el exterior.

Pensó mucho sobre esto mientras la primera media hora avanzaba con su lento tic-tac. Pero tú no necesitas preguntártelo, pues yo te lo voy a decir. Había llegado a casa atrasada para el almuerzo con sus zapatos y calcetines sumamente mojados. Y cuando le preguntaron dónde había estado y qué era lo que había estado haciendo, dijo que había salido con Dígory Kirke. Ante más preguntas, dijo que se habían mojado los pies en una poza de agua y que esa poza estaba en un bosque. Al preguntársele dónde estaba el bosque, dijo que no lo sabía. Al preguntársele si estaba en uno de los parques, dijo con bastante veracidad que suponía que debía ser en una especie de parque. Con todo esto, la madre de Polly se formó la idea de que Polly había salido sin decir nada a nadie y había ido a alguna parte de Londres que no conocía, y que había estado en algún parque desconocido y que se había divertido saltando en los charcos. En consecuencia, se le dijo que se había portado realmente muy mal y que no se le permitiría volver a jugar con "ese niño Kirke" nunca más si algo semejante ocurría de nuevo. Luego le dieron su almuerzo, pero sin postre ni ninguna cosa rica, y la mandaron a la cama por dos horas enteras. Esto era algo que le pasaba a uno muy a menudo en aquellos tiempos.

De modo que mientras Dígory miraba por la ventaba del comedor, Polly estaba acostada en cama, y ambos pensaban cuán terriblemente lento podía pasar el tiempo. Yo, por mi parte, hubiera preferido estar en el lugar de Polly. Ella sólo tenía que esperar que terminaran sus dos horas; en cambio Dígory a cada minuto podía escuchar un coche o la camioneta de la panadería o el muchacho de la carnicería doblando la esquina y pensar: "Aquí viene", y luego encontrarse con que no era ella. Y en medio de esas falsas alarmas, por lo que parecían ser horas y horas, el reloj seguía dando su tictac y una enorme mosca, allá en lo alto y fuera de su alcance, zumbaba golpeándose contra la ventana. Esta era una de esas casas que se vuelven muy silenciosas y aburridas en las tardes y que siempre huelen a cordero.

Durante su larga vigilancia y espera sucedió una sola pequeña cosa que mencionaré, porque originó algo importante después. Vino una señora trayendo uvas para la mamá de Dígory; y como la puerta del comedor estaba abierta, Dígory no pudo evitar escuchar lo que la tía Letty y la señora conversaban en el vestíbulo.

–¡Qué uvas tan lindas! –se escuchó la voz de la tía Letty–. Estoy segura de que si hay algo que pudiera hacerle bien serían estas uvas. Pero, ¡mi pobrecita querida Mabel! Me temo que se necesitaría fruta de la Tierra de la Juventud para ayudarla ahora. Nada de *este* mundo le serviría.

Luego ambas bajaron la voz y siguieron hablando sin que él pudiera oírlas.

Si hubiese oído ese pedacito de conversación sobre la Tierra de la Juventud unos pocos días atrás, habría pensado que la tía Letty hablaba sin querer decir algo en especial, como siempre hacen los mayores, y no le habría prestado atención. Prácticamente pensó lo mismo en esta ocasión. Pero de repente se le ocurrió la idea de que ahora él sabía (incluso si la tía Letty no) que era cierto que había otros mundos y que él mismo había estado en uno de ellos. Pensándolo así, tendría que haber una verdadera Tierra de la Juventud en alguna parte. Tendría que haber cualquier cosa. ¡Tendría que haber una fruta en algún otro mundo que pudiera de verdad sanar a su madre! Y ¡oh, oh...! Bueno, tú sabes lo que se siente cuando empiezas a esperar que suceda algo que deseas con todo tu corazón; casi luchas contra la esperanza, porque es demasiado buena para ser verdad; has tenido antes tantas desilusiones. Así se sentía Dígory. Pero no servía de nada tratar de acallar esta esperanza. Podría... verdaderamente, verdaderamente, podría ser realidad. Ya habían pasado tantas cosas extrañas. Y él tenía los Anillos mágicos. Debía haber mundos a los que pudieras llegar por cualquiera de las pozas del bosque. Podría recorrerlos todos. Y de pronto... *mamá sana otra vez*. Todo bien otra vez. Se olvidó completamente de vigilar a la Bruja. Su mano ya iba hacia el bolsillo donde guardaba el Anillo amarillo, cuando de repente escuchó el ruido de un galope.

"¡Hola! ¿Qué fue eso? –pensó Dígory–. ¿El carro de los bomberos? ¿Cuál casa se estará incendiando? Dios mío, viene hacia acá. Pero ¡si es Ella!"

No necesito decirte a quien se refería por *Ella*.

Primero llegó el cabriolé. No había nadie en el asiento del conductor. Arriba del techo..., no sentada, sino de pie sobre el techo, balanceándose con perfecto equilibrio, en tanto que el coche doblaba la esquina a toda velocidad con una rueda en el aire, iba Jadis, la Reina de las Reinas y el Terror de Charn. Mostrando los dientes, con sus ojos resplandecientes como el fuego, y con su larga cabellera ondeando tras ella como la cola de un cometa. Azotaba al caballo sin piedad. Las aletas de las narices del caballo estaban muy abiertas y rojas y sus ijares salpicados de espuma. Galopaba locamente hacia la puerta de entrada, esquivando por milímetros el farol, y luego se paró, encabritado, en las dos patas traseras. El coche chocó contra el farol y se hizo pedazos. La Bruja, dando un magnífico brinco, había saltado justo a tiempo y aterrizado sobre el lomo del caballo. Se afirmó a horcajadas y se inclinó hacia adelante, susurrando cosas en su oído. Deben haber sido cosas expresamente destinadas no a aquietarlo, sino a enloquecerlo. Al momento se alzó de nuevo en sus patas traseras y sus relinchos parecían chillidos; era una masa de cascos y dientes y ojos y sacudidas de crines. Sólo un consumado jinete se hubiera mantenido en su lomo.

Antes de que Dígory recobrara el aliento, sucedió una cantidad de cosas más. Un segundo coche llegó a toda prisa justo detrás del primero: de él saltó un hombre gordo de levita y un policía. Luego, un tercer coche con dos policías más. Detrás llegaron cerca de veinte personas (en su mayoría recaderos) en bicicleta, todos tocando sus campanillas y lanzando aclamaciones y rechiflas. Al último venía una multitud de gente a pie, todos muy acalorados por la carrera, pero que obviamente se divertían a más no poder. Se abrieron con violencia las ventanas de todas las casas en esa calle y una criada o un carnicero apareció en cada puerta de entrada. Querían ver el espectáculo.

Entretanto, un anciano caballero había comenzado a luchar por salir con paso vacilante de las ruinas del cabriolé. Varias personas se precipitaron a ayudarlo, pero como uno lo tiraba para un lado y otro para otro lado, tal vez habría salido mucho más rápidamente por sí solo. Dígory supuso que el anciano debía ser su tío Andrés, pero no podía verle la cara; tenía su sombrero de copa encasquetado hasta el cuello.

Dígory salió disparado y se unió a la muchedumbre.

–Esa es la mujer, esa es la mujer –gritaba el gordo, señalando a Jadis–. Cumpla con su deber, guardia. Lo que ella ha sacado de mi tienda vale cientos y miles de libras. Mire ese collar de perlas en su cuello. Es mío. Y me ha puesto un ojo en tintas además, más encima.

–¡Mira cómo tiene al patrón! –dijo uno entre la multitud–. Y su buen ojo en tinta que da gusto ver. ¡Dios! ¡Y buendar con la fuerza que tiene!

–Tiene que ponerse un buen bistec crudo ahí, patrón, eso es lo que le hace falta –dijo el muchacho de la carnicería.

–¡Eh! –exclamó el más importante de los policías–, ¿qué diablos está pasando aquí?

–Le digo que ella... –principió a decir el gordo, cuando alguien gritó:

–No dejen que ese tipo viejo que está en el coche se escape. Él fue el que la metió en esto.

El anciano caballero, que era por supuesto el tío Andrés, acababa de lograr ponerse de pie y se frotaba los magullones.

–Ya pues –dijo el policía, volviéndose hacia él–, ¿qué significa todo esto?

–Tomfle... pomfi... chompf –se oyó la voz del tío Andrés desde el interior del sombrero.

–No me venga con eso ahora –dijo el policía en tono severo–. Ya verá que no es asunto para reírse. Y ¡sáquese ese sombrero!, ¿ah?

Era más fácil decirlo que hacerlo. Pero después de que el tío Andrés batalló en vano con el sombrero un buen rato, otros dos policías lo tomaron por el ala y lo sacaron a la fuerza.

–Gracias, gracias –dijo el tío Andrés, con voz débil–. Gracias. Estoy terriblemente perturbado. Si alguien pudiera darme una copita de coñac...

—Ahora présteme atención, por favor —dijo el policía, sacando una enorme libreta y un lapicito chico—. ¿Está usted a cargo de esa joven que está allá?

—¡Cuidado! —gritaron numerosas voces, y el policía saltó dando un paso atrás justo a tiempo. El caballo trató de patearlo, y probablemente lo hubiera matado. Después la Bruja hizo dar vuelta al caballo para enfrentar a la muchedumbre, y sus patas traseras quedaron sobre la acera. Ella tenía un cuchillo largo y brillante en su mano y había estado atareada cortando las ligaduras que ataban al caballo a los restos del coche.

En esos momentos Dígory hacía lo posible por situarse en un lugar donde pudiera tocar a la Bruja. No era nada de fácil, porque en el lado más cercano a él había demasiada gente. Y para atravesar al otro lado debía pasar entre los cascos del caballo y las verjas del "patio"* que rodeaba la casa, porque la casa de los Ketterley tenía sótano. Si entiendes algo de caballos, y especialmente si hubieras visto en qué estado se hallaba aquel animal en esos momentos, comprenderás que esto era algo sumamen-

---

* Patio: pequeño patio delantero cercado que baja al sótano en las antiguas casas de Gran Bretaña.

te arriesgado. Dígory sabía muchísimo de caballos, pero apretó los dientes y se preparó a precipitarse hacia allá en cuanto viera una ocasión favorable.

Un hombre de cara roja, con sombrero hongo, se abría camino a codazos hasta quedar al frente de la muchedumbre.

–¡Eh! Policía –dijo–, es en mi caballo donde ella está sentada, igual que es mío el coche que ella ha hecho añicos.

–Uno a la vez, por favor, uno a la vez –dijo el policía.

–Pero es que no habrá otra vez –protestó el Cochero–. Conozco ese caballo harto más que ustedes. No es un caballo cualquiera. Su padre era el corcel de un oficial de caballería, eso es lo que era. Y si la joven sigue fregándolo, aquí va a haber un asesinato. ¡Ea!, déjenme acercarme a él.

El policía estaba feliz de tener una buena razón para alejarse del caballo. El Cochero avanzo un paso, miró a Jadis, y dijo con voz casi amable.

–Oiga, "misia", déjeme acercarme a la cabeza del caballo y entonces usted se baja. Usted es una señora y no querrá que todos estos matones la vengan a atacar, ¿no es cierto? Querría irse a su casa y tomarse su buena taza de té y acostarse tranquila, y entonces se sentirá muchazo mejor.

105

Al mismo tiempo iba extendiendo su mano hacia la cabeza del caballo, diciendo: "Tranquilo, Fresón, mi viejo. Tranquilo".

Entonces, por primera vez, la Bruja habló:

—¡Perro! —se escuchó su voz fría y clara, resonando fuerte por encima de todos los demás ruidos—. Perro, retira tu mano de nuestro real corcel. Somos la Emperatriz Jadis.

CAPÍTULO 8

La batalla junto al poste del farol

—¡Bah! ¿Emperadora, tú? Ahora vas a ver —dijo una voz. Y luego otra voz dijo:

—¡Viva la Emperadora de Chuchunco! —y un buen número de voces se le unieron.

Un asomo de rubor coloreó el rostro de la Bruja, quien hizo una ligera reverencia. Pero los aplausos se fueron apagando en medio de grandes carcajadas y entonces comprendió que sólo se habían estado burlando de ella. Su expresión cambió y ella cambió también la posición del cuchillo a su mano izquierda. En seguida, sin ningún aviso, hizo la cosa más espantosa que pudiera imaginar. Con agilidad, fácilmente, como si fuera lo más natural del mundo, estiró su brazo derecho y arrancó con violencia uno de los travesaños del farol. Si bien había perdido algunos poderes mágicos en nuestro mundo, no había perdido su fuerza; podía quebrar una barra de fierro como si fuera un palito de caña de azúcar. Lanzó al aire su nueva arma, la volvió a tomar, y blandiéndola, espoleó su caballo.

"Esta es mi oportunidad", pensó Dígory.

Partió como flecha entre el caballo y la verja y comenzó a avanzar. Si la bestia se quedaba quieta un momento, podría coger el talón de la Bruja. Mientras corría hacia adelante, oyó un estrépito pavoroso y un ruido sordo. La Bruja había descargado el travesaño sobre el casco del policía: el hombre había caído como un palitroque.

–Rápido, Dígory. *Hay* que detener esto –dijo una voz a su lado. Era Polly, que había bajado presurosamente en cuanto la dejaron salir de la cama.

–Eres fantástica –dijo Dígory–. Sujétame firme. Debes tener a mano el Anillo. El amarillo, acuérdate. Y no te lo pongas hasta que yo grite.

Hubo un segundo estrépito y un nuevo policía desplomado. Surgió un furibundo rugido de entre la multitud:

–Bájenla. Traigan unos adoquines. Llamen a los militares.

Pero la mayoría de la gente trataba de alejarse lo más posible. El Cochero, sin embargo, que era obviamente el más valiente y el más bondadoso de los presentes, permanecía junto al caballo, moviéndose a un lado y al otro para esquivar la barra, pero esforzándose todo el tiempo en coger la cabeza de Fresón.

La muchedumbre rechiflaba y vociferaba nuevamente. Una piedra pasó silbando por sobre la cabeza de Dígory. Luego se escuchó la voz de la Bruja, clara como una campanada, que sonaba como si, por primera vez, ella se sintiera casi contenta.

–¡Escoria! Van a pagar por esto muy caro cuando haya conquistado vuestro mundo. No quedará una piedra en esta ciudad. Haré lo mismo que en Charn, en Felinda, en Sorlois, en Bramandin.

Por fin Dígory le cogió un tobillo. Ella lanzó un puntapié hacia atrás y le pegó con el talón en la boca. Adolorido, la soltó. Tenía un tajo en el labio y la boca llena de sangre. Muy cerca de él escuchó la voz del tío Andrés, en una especie de trémulo grito:

–Señora..., mi querida y joven dama..., por todos los cielos..., tranquilícese.

Dígory intentó tomarla del tobillo por segunda vez, y de nuevo ella logró zafarse. Otra cantidad de gente fue golpeada con la barra de fierro. Intentó por tercera vez; lo cogió, se aferró con todas sus fuerzas, gritando a Polly: "¡Vamos!" Entonces...

¡Oh!, gracias a Dios. Desaparecieron las caras iracundas y asustadas. Todas, excepto la del tío Andrés. Pegado al lado de Dígory, seguía quejándose en la oscuridad.

–¡Ay, ay! ¿Es esto un delirio? ¿Es el fin? No puedo soportarlo. No es justo. Nunca pretendí ser un mago. Hay un malentendido. La culpable es mi madrina; voy a protestar por todo esto. Y en el estado en que está mi salud, además. Una antiquísima familia de Dorsetshire.

–¡Qué lata! –dijo Dígory–. No queríamos traerlo a *él*. ¡Canastos, qué paseo! ¿Estás ahí, Polly?

–Sí, aquí estoy. Deja de empujar.

–No estoy empujando –comenzó a replicar Dígory, pero antes de decir nada más, sus cabezas asomaban al cálido y verde sol del Bosque. Y mientras salían de la poza, Polly gritó:

–¡Mira! Nos trajimos ese caballo viejo también. *Y* el señor Ketterley. *Y* el Cochero. ¡En buen berenjenal nos metimos!

En cuanto vio la Bruja que estaba otra vez en el Bosque, se puso pálida y se inclinó hasta que su cara tocó las crines del caballo. Podías darte cuenta de que se sentía tremendamente enferma. El tío Andrés tiritaba. Pero Fresón, el caballo, sacudió la cabeza, lanzó un alegre relincho, y pareció sentirse mejor. Era la primera vez que Dígory lo veía tranquilo. Sus orejas, que habían estado echadas hacia atrás y pegadas al cráneo, volvieron a su posición normal y se apagó el fuego de sus ojos.

–Eso es, mi viejo –exclamó el Cochero, haciéndole cariño en el cuello–. Así está mejor. No te pongas nervioso.

Fresón hizo la cosa más natural del mundo. Como tenía mucha sed (y no es de extrañar) caminó lentamente hasta la poza más cercana y se metió adentro a beber. Dígory aún tenía cogido el talón de la Bruja y Polly la

mano de Dígory. Una de las manos del Cochero se posaba encima de Fresón; y el tío Andrés, temblando todavía, acababa de asir la otra
mano del Cochero.

–Rápido –dijo Polly, dando una mirada a
Dígory–. ¡Verdes!

De modo que el caballo nunca logró tomar
su trago. Por el contrario, todo el grupo se encontró hundiéndose en la oscuridad. Fresón
relinchaba; el tío Andrés gemía. Dígory dijo:

–Tuvimos un poco de suerte.

Hubo una corta pausa. Luego Polly dijo:

–¿No deberíamos ya estar casi llegando allá?

–Parece que estamos en alguna parte –repuso Dígory–. Por lo menos, estoy parado sobre algo sólido.

–De veras, yo también, ahora que lo pienso –dijo Polly–. Pero ¿por qué está tan oscuro?
Oye, ¿crees que nos habremos equivocado de
poza?

–A lo mejor esto *es* Charn –contestó Dígory–.
Sólo que hemos regresado en la mitad de la
noche.

–Esto no es Charn –se escuchó la voz de
la Bruja–. Este es un mundo vacío. Es la Nada.

Y en realidad, se parecía extraordinariamente a la Nada. No había estrellas. Estaba tan oscuro que no podían vérse unos a otros y daba
lo mismo que tuvieras los ojos abiertos o cerrados. Bajo sus pies había algo frío y plano

que podría ser tierra, y que indudablemente no era pasto ni madera. El aire era fresco y seco y no había viento.

–Ha llegado mi fin –dijo la Bruja con una voz horriblemente calma.

–¡Oh!, no diga eso –balbuceó el tío Andrés–. Mi querida joven, por favor, no diga esas cosas. No puede ser tan demasiado malo. Eh..., Cochero..., buen hombre..., ¿no tendrá por casualidad un frasco? Lo que necesito es una gota de alcohol.

–Vamos, vamos –vino la voz del Cochero, una voz bondadosa, firme, fuerte–, no pierdan la calma, es lo que yo digo. ¿Ningún "güeso" quebrado, nadie? Bien. Tenemos entonces algo que agradecer de inmediato, pues es más de lo que pudiéramos esperar luego de caer de esa manera. Y bien, si hemos caído en alguna de las excavaciones –como debe haber varias para la nueva estación del subterráneo–, alguien vendrá muy pronto a sacarnos, ya verán. Y si estamos muertos, que, no lo niego, también puede ser, bueno, hay que recordar que en el mar pasan cosas peores y que un tipo tiene que morir alguna vez. Y no hay nada que temer si un tipo ha llevado una vida decente. Y si me lo preguntan, creo que lo mejor que podemos hacer para pasar el tiempo sería cantar un himno.

Y así lo hizo. Empezó de inmediato con un himno de agradecimiento por las cosechas, algo acerca de que los frutos habían sido "recogidos y guardados". No era muy apropiado en un lugar donde parecía que nada crecía desde el comienzo de los tiempos, pero era el único que él recordaba bien. Tenía buena voz y los niños se pusieron a cantar con él; fue algo muy alegre. El tío Andrés y la Bruja no se les unieron.

Cerca del término del himno, Dígory sintió que alguien lo tiraba del codo y, por un olor mezclado a coñac y cigarros y a ropas de buena calidad, decidió que debía ser el tío Andrés. El tío Andrés lo arrastraba cautelosamente lejos de los demás. Cuando estuvieron a una cierta distancia, el anciano acercó tanto su boca al oído de Dígory que le hizo cosquillas, y susurró:

—Ahora, muchacho. Colócate tu Anillo. Vámonos de aquí.

Pero la Bruja tenía muy buen oído.

—¡Loco! —se la escuchó exclamar—. ¿Olvidas que puedo escuchar los pensamientos de los hombres? Suelta al niño. Si tratas de traicionarme, me vengaré de ti de manera tal como jamás se ha oído decir en todos los mundos desde el principio.

—Y —agregó Dígory— si piensa que soy tan miserable para irme y abandonar a Polly... y al Cochero... y al caballo... en un lugar como éste, está sumamente equivocado.

—Eres un chiquillo muy desobediente e impertinente —dijo el tío Andrés.

—¡Silencio! —exclamó el Cochero. Todos pusieron atención.

Por fin, algo estaba sucediendo en las tinieblas. Una voz había comenzado a cantar. Era muy a lo lejos y a Dígory le costaba determinar de qué dirección venía. A veces parecía venir de todas partes a la vez. A veces casi creía que salía de la tierra que pisaban. Sus notas bajas eran lo suficientemente profundas como para ser la voz de la propia tierra. Sin palabras. Era apenas una melodía. Pero era, sin comparación, el sonido más bello que pudieran haber escuchado alguna vez. Era tan bello que apenas lo podía resistir. Al caballo pareció gustarle también: relinchó de la manera en que un caballo relincharía si, luego de años de ser caballo de tiro, se encontrara de regreso a los antiguos campos donde jugó cuando era un potrillo, y viera a alguien a quien recordaba y amaba que venía por el campo a traerle un terrón de azúcar.

—¡Repámpanos! —exclamó el Cochero—. ¿No es precioso?

Entonces sucedieron dos prodigios a la vez. Uno fue que se unieron nuevas voces a la primera voz; muchas más voces de las que pudieras contar. Armonizaban con la primera, pero en una escala más alta; voces de plata, frescas, estremecedoras. El segundo prodigio fue que las tinieblas allá adelante, de improviso, resplandecieron llenas de estrellas. No habían salido suavemente una a una, como lo hacen en una tarde de verano. En un momento no había nada más que la negrura; al minuto siguiente miles y miles de puntitos luminosos salieron de un brinco; estrellas solitarias, constelaciones y planetas, más brillantes y más grandes que cualquiera de los de nuestro mundo. No había nubes. Las nuevas estrellas y las nuevas voces habían comenzado al mismo tiempo. Si hubieras podido ver y oír esto, como lo hizo Dígory, habrías jurado que eran las mismas estrellas las que cantaban, y que había sido la Primera Voz, la profunda, la que las había hecho aparecer y las hacía cantar.

–¡Gloria! –gritó el Cochero–. Habría sido un gallo mucho más bueno toda mi vida si hubiera sabido que había cosas como ésta.

La Voz en la tierra era ahora más sonora y más triunfante; pero las voces en el cielo, después de cantar estrepitosamente con ella por unos momentos, comenzaban a debilitarse. Y ahora estaba ocurriendo otra cosa.

A lo lejos, y muy cerca del horizonte, el cielo empezó a ponerse gris. Un ligero viento, muy fresco, principió a agitarse. El cielo, en aquel preciso lugar, se volvió lenta y paulatinamente más pálido. Podías divisar siluetas de cerros destacándose muy oscuros contra él. Y todo el tiempo la Voz continuaba cantando.

Pronto hubo suficiente luz para verse las caras. El Cochero y los dos niños tenían la boca abierta y los ojos brillantes; estaban embebidos en la música, y parecía como si ésta les recordara algo. La boca del tío Andrés también estaba abierta, pero no de alegría. Parecía más bien como si su barbilla simplemente se hubiera desprendido del resto de su cara. Tenía los hombros encorvados y sus rodillas temblaban. A él no le gustaba la Voz. Si hubiera podido escapar de ella arrastrándose dentro de la cueva de un ratón, lo habría hecho. Pero la Bruja parecía, de algún modo, entender esa música más que cualquiera de ellos. Tenía la boca cerrada, sus labios muy apretados y las manos empuñadas. Desde que comenzó la canción, sintió que todo este mundo se llenaba enteramente con una magia muy diferente a la suya y más poderosa. La odiaba. Habría destruido todo ese mundo, a todos los mundos, hasta hacerlos pedazos, si así lograba detener aquel canto. El caballo estaba de pie con sus orejas echadas muy hacia adelante y las movía nerviosamente. De vez en cuando resoplaba y pateaba el suelo. Ya no parecía el viejo y cansado caballo de coche; ahora sí que podrías creer que su padre había participado en batallas.

El cielo de oriente cambiaba de blanco a rosado y de rosado a dorado. El volumen de la Voz crecía y crecía, hasta que todo el aire se estremeció. Y justo cuando aumentaba hasta alcanzar el más potente y glorioso de los sonidos que hubiera emitido hasta ahora, apareció el sol.

Dígory no había visto jamás un sol como aquel. El sol que alumbraba las ruinas de Charn parecía ser más viejo que el nuestro: éste parecía más joven. Te imaginabas que se reía de dicha a medida que salía. Y cuando sus rayos cayeron sobre la tierra, los viajeros pudieron ver por vez primera en qué clase de lugar se encontraban. Era un valle, atravesado por un ancho y rápido río que serpenteaba fluyendo hacia el este, en dirección al sol. Hacia el sur había montañas, al norte colinas más bajas. Pero era un valle de pura tierra, rocas y agua; no había un árbol, ni un arbusto ni se divisaba una brizna de hierba. La tierra tenía muchos coloridos, colores frescos, cálidos y vívidos. Te hacían sentir emocionado, hasta que veías al Cantor y entonces te olvidabas de todo lo demás.

Era un León. Inmenso, peludo y brillante, se mantenía de pie frente al sol naciente. Cantaba con toda su boca abierta y se hallaba a cerca de trescientos metros de distancia.

—Este es un mundo terrible —dijo la Bruja—. Tenemos que huir en seguida. Prepara la magia.

—Estoy totalmente de acuerdo con usted, señora —dijo el tío Andrés—. Un lugar muy desagradable. Absolutamente incivilizado. Si yo fuera un hombre más joven y tuviera una escopeta...

—¡Qué lesera! —exclamó el Cochero—. ¿Y ustedes creen que podrían dispararle a *él*?

—¿Y *quién* podría? —dijo Polly.

—Prepara la magia, viejo estúpido —ordenó Jadis.

—Por cierto, señora —respondió el tío Andrés, hipócritamente—. Debo estar en contacto con los dos niños. Ponte tu Anillo de regresar a casa, Dígory, de inmediato.

118

Quería irse sin la Bruja.

–¡Ah!, ¿así que son Anillos?, ¿ah? –gritó Jadis, dejándose caer del caballo. Habría podido poner sus manos dentro del bolsillo de Dígory antes de decir Jesús, pero Dígory apretó la mano de Polly y gritó:

–Ten cuidado. Si cualquiera de ustedes se acerca unos pocos centímetros más, nosotros dos desapareceremos y los dejaremos aquí para siempre. Sí: yo tengo un Anillo en mi bolsillo que nos llevará a Polly y a mí a casa. ¡Y mira! Tengo la mano lista. Así que guarden su distancia. Lo siento por usted (dijo mirando al Cochero) y por el caballo, pero no puedo hacer nada. En cuanto a ustedes dos (miró al tío Andrés y a la Reina), ambos son magos, de modo que disfrutarán viviendo juntos.

–Basta de ruido, todos ustedes –dijo el Cochero–. Yo quiero escuchar la música.

Sí, pues la Canción había cambiado.

CAPÍTULO 9

La creación de Narnia

El León se paseaba de acá para allá por aquella tierra vacía, cantando su nueva canción. Era más suave y más armoniosa que aquella con la cual había hecho aparecer las estrellas y el sol; una música dulce, susurrante. Y a medida que caminaba y cantaba, el valle se cubría de verde hierba. Crecía desde los pies del León como de un manantial. Subió corriendo las laderas de las pequeñas colinas, semejante a una ola. En pocos minutos se arrastraba calladamente por los faldeos más bajos de las distantes montañas, haciendo que aquel joven mundo fuera a cada momento más suave. Ahora se podía escuchar al ligero viento agitando la hierba. Pronto hubo otras cosas además de la hierba. Las pendientes más altas se ennegrecieron al llenarse de brezos. Aparecieron en el valle manchones de un pasto más áspero y erizado.

Dígory no sabía qué eran hasta que uno comenzó a surgir muy cerca de él. Era una cosa pequeña y puntiaguda de la que crecían docenas de brazos que se fueron cubriendo de verdor y que aumentaba de tamaño a razón de cerca de un centímetro por segundo. Había docenas de cosas como ésa rodeándolo ahora. Cuando ya estaban casi tan altas como él, se dio cuenta de lo que eran. "¡Árboles!", exclamó.

La lata era, como dijo Polly más tarde, que no te dejaban en paz para mirar todo aquello. Justo cuando Dígory decía: "¡Árboles!", tuvo que dar un salto, pues otra vez el tío Andrés se le había acercado sigilosamente y trataba de robarle lo que tenía en el bolsillo. Tampoco le habría servido mucho al tío Andrés si le hubiera resultado, pues él tenía como meta el bolsillo de la mano derecha, porque todavía creía que los Anillos verdes eran los "de vuelta a casa". Pero, claro, Dígory no quería perder ninguno.

—¡Alto! —gritó la Bruja—. Atrás. No, más atrás. Si alguien se acerca a más de diez pasos de cualquiera de los niños, le haré volar los sesos.

Blandía en su mano la barra de fierro que había arrancado del farol, lista para lanzarla. No sé por qué, nadie dudaba de que ella debía ser una excelente lanzadora.

—¡Vaya! —dijo—. De modo que planeabas regresar a tu mundo con el niño sin decir nada, dejándome a mí aquí.

Por fin el mal genio del tío Andrés se impuso por encima de sus temores.

—Sí, señora, yo lo pensaba —dijo—. Sin lugar a dudas. Estaría en todo mi derecho. Se me ha tratado de la manera más vergonzosa y abominable. He hecho todo lo que estaba en mi mano por demostrarle el máximo de cortesía. ¿Y cuál ha sido mi recompensa? Usted le ha robado, debo repetir la palabra, *robado* a un respetabilísimo joyero. Usted me ha obligado a ofrecerle un almuerzo excesivamente caro, por no decir ostentoso, aunque para pagarlo tuve que empeñar mi reloj con su cadena. Y, permítame decirle, señora, que en mi familia nadie ha tenido jamás la costumbre de frecuentar las casas de empeño, excepto mi primo Eduardo, agricultor, que pertenecía al Cuerpo de Caballería. Durante aquella indigesta comida, que me hace sentir más mal a cada instante que pasa, su comportamiento y su conversación atrajeron la atención desfavorable de todos los presentes. Creo que he sido públicamente desacreditado. Jamás podré volver a asomar mi cara por el Trocadero. Usted atacó a la policía. Ha robado...

–Ya pues, patrón, está bueno ya –dijo el Cochero–. Lo que hay que hacer ahora es mirar y escuchar; no hablar.

A decir verdad, había muchísimo que ver y escuchar. El primer árbol que Dígory vio aparecer era ya una crecida haya, cuyas ramas se mecían suavemente por encima de su cabeza. Se encontraban sobre una hierba verde y fresca, sembrada de margaritas y ranúnculos. A poca distancia, a lo largo de la ribera del río, crecían los sauces. Del otro lado, los cercaba una maraña de floridas grosellas, lilas, rosas silvestres y rododendros. El caballo arrancaba deliciosos bocados de pasto nuevo.

Y durante todo ese tiempo no cesaba el canto del León, ni su majestuoso rondar de un lado al otro, de allá para acá. Lo que era basante inquietante, pues en cada vuelta se acercaba un poco más. Polly encontraba el canto cada vez más interesante, porque creía que empezaba a advertir la relación entre la música y las cosas que estaban sucediendo. Cuando brotó una hilera de oscuros abetos en una loma a unos cien metros de distancia, le pareció que esto concordaba con una serie de profundas y prolongadas notas que había cantado el León un segundo antes. Y cuando prorrumpió en una rápida serie de notas más ligeras, no se sorprendió de ver aparecer súbitamente una cantidad de prímulas por todos lados. Fue así como, con indecible emoción, tuvo la cereza de que todas las cosas provenían (como ella decía) "de la mente del León". Cuando escuchabas su canto podías oír las cosas que iba formando; cuando mirabas a tu alrededor, las veías. Era tan apasionante que Polly no tenía tiempo de sentir miedo. Pero Dígory y el Cochero no pudieron evitar ponerse un poquito nerviosos a medida que cada paseo del León lo traía más cerca de ellos. En cuanto al tío Andrés, le castañeteaban los dientes y sus rodillas temblaban de tal manera que no podía escapar.

De repente la Bruja, audazmente, se dirigió con gran rapidez hacia el León que venía siempre cantando, a paso lento, pesado. Estaba a sólo veinte metros. Ella levantó el brazo y le arrojó el fierro directo a la cabeza.

Nadie, y mucho menos Jadis, habría podido errar a esa distancia. La barra golpeó al León justo entremedio de los ojos. El fierro rebotó y cayó al pasto con un ruido sordo. El León seguía acercándose. Su caminar no era ni más lento ni más rápido que antes; no podías asegurar si siquiera se había dado cuenta de que lo habían golpeado. Aunque sus suaves patas no hacían ruido, podías sentir cómo la tierra se estremecía bajo su peso.

La Bruja dio un chillido y se echó a correr en pocos segundos se perdía de vista en medio de los árboles. El tío Andrés se volvió para hacer lo mismo, tropezó contra una raíz, y cayó de boca en un arroyuelo que corría bajando a juntarse con el río. Los niños no pudieron moverse. Tampoco tenían muy claro si *querían* moverse. El León no les prestó atención. Su inmensa y roja boca estaba enteramente abierta pero abierta en un canto, no en un gruñido Pasó tan cerca de ellos, que hubiesen podido tocar su melena. Estaban aterrados de que pudiera darse vuelta y mirarlos, a pesar de que por extraño que parezca, a la vez lo deseaban. Pero por el poco caso que hizo de ellos, bien hubieran podido ser invisibles e inodoros. Después que pasó y que había caminado unos pocos pasos más allá, se volvió, pasó por delante de ellos nuevamente, y continuó su marcha hacia el este.

El tío Andrés se levantó, tosiendo y farfullando.

—Y bien, Dígory —dijo—, nos hemos deshecho de aquella mujer, y esa fiera de León se ha ido. Dame la mano y ponte de inmediato tu Anillo.

—¡No se me acerque! —dijo Dígory, retrocediendo—. Apártate de él, Polly. Ven al lado mío. Y ahora, le advierto tío Andrés, no se acerque ni un solo paso más, o simplemente nosotros desapareceremos.

—Haz al instante lo que te estoy diciendo, señor —exclamó el tío Andrés—. Eres un chiquillo extremadamente desobediente y mal educado.

—No pienso —repuso Dígory—. Queremos quedarnos a ver qué pasa. Creía que usted quería conocer otros mundos. ¿No le gusta, ahora que está aquí?

—¡Gustarme! —exclamó el tío Andrés—. Mira en el estado en que estoy. Y, encima de todo, era mi mejor abrigo y mi menor chaleco.

En realidad, era un desastre verlo ahora porque, por supuesto, mientras mejor vestido

estuvieras al comienzo, peor te verías despué
de haber salido gateando de un coche hech
trizas y de caer dentro de un arroyo fangoso.

–No digo –agregó– que no sea este un lu
gar bastante interesante. Si yo fuera más joven
bueno..., tal vez podría conseguir que algúr
animoso jovencito viniera acá primero. Uno d
esos cazadores de caza mayor. Algo se podrí;
hacer de este país. El clima es delicioso. Nun
ca respiré un aire como éste. Creo que me ha
bría hecho bien si..., si las circunstancia
hubiesen sido más favorables. Si solament
hubiera tenido una escopeta.

–¡Al cuerno las escopetas! –dijo el Coche
ro–. Creo que iré a ver si puedo escobillar ;
Fresón. Ese caballo tiene más sensatez que al
gunos humanos que conozco.

Fue hasta donde estaba Fresón y lo llam
con los silbidos característicos de los palafre
neros.

–¿Todavía piensa que puede matar a es
León con una escopeta? –preguntó Dígory–. N
le hizo gran mella la barra de fierro.

–Con todos sus defectos –dijo el tío Andrés–
ella es una *niña* valerosa, hijo mío. Fue un act
de gran coraje.

Se sobaba las manos y hacía crujir sus nu
dillos, como si nuevamente hubiera olvidad
el terror que le infundía la Bruja cada vez qu
estaba presente.

—Fue algo muy atroz —opinó Polly—. ¿Qué mal le había hecho Él?

—¡Qué raro! ¿Qué será eso? —dijo Dígory.

Se había precipitado hacia adelante para examinar algo que se encontraba a pocos metros de distancia.

—Ven Polly —la llamó—. Ven a ver.

El tío Andrés fue con ella también, no porque quisiera ver, sino porque quería permanecer cerca de los niños... por si había una oportunidad de robarles sus Anillos. Pero cuando vio lo que Dígory estaba mirando, hasta él comenzó a interesarse. Era un perfecto farol en miniatura, de cerca de un metro de alto, que se alargaba y engrosaba en proporción a medida que lo miraban; en realidad, estaba creciendo tal como lo habían hecho los árboles.

—También está vivo..., quiero decir, está encendido —dijo Dígory.

Y así era; a pesar de que, por supuesto, la luminosidad del sol hacía difícil ver la llamita del farol a menos que tu propia sombra diera sobre él.

—Notable, sumamente notable —musitó el tío Andrés—. Yo no había soñado jamás una magia como ésta. Estamos en un mundo donde todo, hasta un farol, toma vida y crece. Quisiera saber de qué semilla brota un farol.

—¿No se da cuenta? —preguntó Dígory—. Aquí fue donde cayó la barra de fierro..., la barra

127

que ella arrancó del farol allá en Londres. Se hundió en el suelo y ahora vuelve a salir como un farol chico.

Pero ya no tan chico; estaba del alto de Dígory, mientras él decía esto.

—¡Eso es! Estupendo, estupendo —exclamó el tío Andrés, sobándose las manos con más fuerza que nunca—. ¡Para que vean, para que vean! Se reían de mi magia. Esa tonta de mi hermana cree que soy un lunático. ¿Qué van a decir ahora? He descubierto un mundo donde todo es una explosión de vida y crecimiento. Colón, ya ves, hablan de Colón. Pero ¿qué es América comparada a esto? Las posibilidades económicas de este país son ilimitadas. Trae unos cuantos pedacitos de hierro viejo, entiérralos, y saldrán convertidos en flamantes locomotoras, acorazados, todo lo tú quieras. No costarán nada, y los podré vender a los mejores precios de Inglaterra. Voy a ser millonario. ¡Y el clima, además! Ya me siento veinte años más joven. Puedo instalar un centro de salud. Un buen sanatorio aquí me podría dar veinte mil anuales. Claro que tendré que compartir el secreto con algunas pocas personas. Lo primero que hay que hacer es matar a ese animal.

—Usted es igual a la Bruja —dijo Polly—. Piensa nada más que en matar.

—Y luego, en cuanto a mí mismo —continuó el tío Andrés, cada vez más ilusionado—, no se sabe cuánto podré vivir si me establezco aquí

128

Y es algo que hay que tener muy en cuenta cuando un tipo va pasando los sesenta. ¡No me sorprendería si no envejezco un día más en este país! ¡Estupendo! ¡La Tierra de la Juventud!

—¡Ah! —gritó Dígory—. ¡La Tierra de la Juventud! ¿Cree que de verdad sea ésta?

Pues sin duda recordaba lo que la tía Letty había dicho a la señora que trajo las uvas, y volvió a alentar una dulce esperanza.

—Tío Andrés —dijo—, ¿cree que haya algo aquí que pudiera sanar a mi madre?

—¿De qué estás hablando? —replicó el tío Andrés—. Esto no es una farmacia. Pero, como decía...

—A usted le importa un comino lo que le pase a ella —dijo Dígory, indignado—. Pensé que le importaba; después de todo, es mi madre, pero también es *su* hermana. Bueno, no importa. Igual le voy a preguntar al propio León si él puede ayudarme.

Se dio media vuelta y se alejó, muy resuelto. Polly dejó pasar unos segundos y luego corrió detrás de él.

—¡Oye! ¡Detente! ¡Vuelve! El muchacho se volvió loco —dijo el tío Andrés.

Siguió a los niños a prudente distancia, pues no quería alejarse mucho de los Anillos verdes ni acercarse demasiado al León.

A los pocos minutos, Dígory llegó a la entrada del bosque y allí se detuvo. El León todavía cantaba. Pero, otra vez, la canción había cambiado. Se parecía más bien a lo que llamamos una melodía, pero era muchísimo más salvaje. Te hacía querer correr y saltar y trepar. Te hacía querer gritar. Te hacía querer correr hacia los demás y abrazarlos o pelear con ellos. Hizo que a Dígory se le pusiera la cara roja de calor. Tenía efecto incluso en el tío Andrés, ya que Dígory lo escuchaba decir: "Una *niña* valerosa, señor. Una lástima su mal genio, pero una mujer divina igualmente, una mujer divina". Pero el efecto de la canción en los dos humanos no era nada comparado con el que tenía en la tierra misma.

¿Puedes imaginarte un trecho de terreno pastoso burbujeando como el agua dentro de una olla? Porque esa es la mejor descripción de lo que estaba ocurriendo. Se hinchaba formando jorobas por todos lados. Eran de tamaños muy distintos, algunas no más grandes que el montón de tierra que levanta un topo; otras grandes como una carretilla, dos del porte de una cabaña. Y las jorobas se movían y se inflaban hasta que reventaron, vaciaron hacia afuera la tierra desmigajada, y de cada joroba salió un animal. Los topos salieron tal como podrías ver salir un topo en Inglaterra. Salieron los perros, ladrando en cuanto asomaron la cabeza, y forcejeando como seguramente los has visto siempre hacerlo cuando tratan de pasar a través del estrecho agujero de un seto de arbustos. Lo más raro de ver eran los venados, ya que, claro, la cornamenta emergió largo rato antes que el resto del cuerpo, de modo que al principio Dígory pensó que eran árboles. Las ranas, que salieron todas en las cercanías del río, se fueron derecho al agua croando en medio de ruidosos plop plop. Las panteras, leopardos y cosas por el estilo, se sentaron de inmediato a limpiarse de la tierra suelta de sus cuartos traseros y después se pararon contra los árboles para afilar sus garras delanteras. Lluvias de pájaros salían de los árboles. Aleteaban las mariposas. Las abejas se pusieron a trabajar en las flores como si no pudieran perder ni un segundo. Pero el momento más imponente de todos fue cuando se rompió la joroba grande, con una especie de ligero terremoto, y de allí salieron el lomo inclinado, la enorme y sabia cabeza y las cuatro patas semejantes a pantalones de pierna ancha de un elefante. Casi no se escuchaba el canto del León; tal era el bullicio de graznidos, arrullos, cacareos, rebuznos, relinchos, aullidos, ladridos, mugidos, balidos, y barritos de elefantes.

Pero a pesar de que Dígory ya no podía oír al León, podía verlo. Era tan grande y tan brillante que no podía apartar sus ojos de él. Los otros animales no parecían temerle. Y justo en ese mismo momento, Dígory sintió tras de él un ruido de cascos: un segundo después, el viejo caballo del coche pasaba trotando por su lado y se juntaba con las demás bestias. El aire parecía haberle sentado tan bien como al tío Andrés. Ya no tenía esa apariencia de pobre y viejo esclavo que lucía en Londres; levantaba sus patas y mantenía la cabeza erguida. De pronto, por primera vez, el León guardó silencio. Se paseaba en medio de los animales. Y de vez en cuando se acercaba a un par de ellos, siempre de a dos a la vez, y tocaba sus narices con la suya. Tocaba a dos castores entre todos los castores, dos leopardos entre todos los leopardos, un venado y un ciervo entre todos los ciervos, y dejaba de lado el resto. Incluso pasó por alto absolutamente algunas clases de animales. Pero las parejas que había tocado dejaron al instante a los de su especie y lo siguieron. Finalmente, se quedó inmóvil y todas las criaturas a las que había tocado se acercaron, formando un círculo en torno a él. Los otros, a los que no había tocado, comenzaron a alejarse, errantes. Sus sonidos se desvanecían gradualmente a la distancia. Las bestias escogidas estaban ahora en el más completo silencio, todas con sus ojos clavados en el León. Los felinos sacudían ocasionalmente la cola, pero fuera de eso estaban muy quietos. Por primera

vez en aquel día existía un absoluto silencio, aparte del ruido del agua. El corazón de Dígory latía alborotadamente; sabía que iba a presenciar algo muy solemne. No se olvidaba ni por un instante de su madre, pero sabía muy bien que, hasta por ella, no podía interrumpir una cosa como ésta.

El León, cuyos ojos nunca pestañeaban, miraba fijamente a los animales, con tanta fuerza como si fuera a quemarlos con su sola mirada. Y poco a poco se operó un cambio en todos ellos. Los más pequeños, conejos, topos y otros parecidos, crecieron una enormidad. Los muy grandes (lo podías apreciar mejor en los elefantes) se achicaron un poco. Muchos animales se pararon en sus patas traseras. La mayoría ladeó la cabeza, como si tratasen con todas sus fuerzas de comprender. El León abrió la boca, pero de ella no salió sonido alguno; estaba exhalando su aliento, un aliento prolongado, cálido, que parecía mecer a todas las bestias así como el viento mece una hilera de árboles. Muy, muy arriba, desde más allá del velo del cielo azul que las ocultaba, las estrellas empezaron a cantar nuevamente: una música pura, fresca, muy difícil. Entonces hubo un veloz destello, como de fuego, pero no quemó a nadie, que podría haber surgido del cielo o del mismo León, y cada gota de sangre se estremeció dentro del cuerpo de los niños, y la voz más profunda y salvaje que hubiesen escuchado jamás, dijo:

—Narnia, Narnia, Narnia, despierta. Ama. Piensa. Habla. Sed árboles que caminan. Sed bestias que hablan. Sed aguas divinas.

CAPÍTULO 10

El primer chiste y otros asuntos

Era, claro está, la voz del León. Hacía tiempo que los niños estaban seguros de que podía hablar, pero, de todos modos, fue una impresión deliciosa y terrible cuando lo hizo.

Saliendo de los árboles, avanzó un grupo de gente estrambótica; eran dioses y diosas de los bosques y con ellos venían faunos y sátiros y enanos. Del río emergió el dios de los ríos con sus hijas, las náyades. Y todos ellos y todas las bestias y las aves con sus diferentes voces, bajas o altas, veladas o claras, respondieron:

—Salve, Aslan. Escuchamos y obedecemos. Estamos despiertos. Amamos. Pensamos. Hablamos. Sabemos.

—Pero, por favor, todavía no sabemos demasiado —dijo entre resoplidos una voz cargada de curiosidad. Y eso sí que hizo a los niños dar un respingo, pues era el caballo del coche quien había hablado.

—El querido Fresón —dijo Polly—. Me alegro tanto de que haya sido de los escogidos para ser Bestias que Hablan.

Y el Cochero, que se encontraba ahora de pie al lado de los niños, dijo:

—¡Que me zurzan! Siempre dije que ese caballo tenía montón de juicio, claro que sí.

—Criaturas, les doy su propio ser —dijo la voz fuerte y alegre de Aslan—. Les doy para siempre esta tierra de Narnia. Les doy los bosques, las frutas, los ríos. Les doy las estrellas y les doy a mí mismo. También las Bestias Mudas, a quienes no he escogido, son de ustedes. Trátenlas con ternura y quiéranlas, pero no vuelvan a adoptar sus hábitos o en castigo dejarán de ser Bestias que Hablan. Pues de ellas provienen ustedes y a ellas pueden retornar. No lo hagan.

—No, Aslan, no lo haremos, no lo haremos —dijeron todos.

Mas una vivaz Corneja agregó en voz alta:

—¡Ni tontos!

Y como todos había terminado su frase justo antes de que ella lo dijera, sus palabras se escucharon con suma claridad en medio del silencio sepulcral; y tal vez tú ya has experimentado lo atroz que puede ser algo así, si te ha pasado, por ejemplo, en una fiesta. La Corneja se sintió muy confundida y escondió la cabeza bajo sus alas como si fuera a ponerse a dormir. Y todos los demás animales comenzaron a hacer diversos ruidos muy curiosos, que son su manera de reír y que, por supuesto, nadie ha escuchado jamás en nuestro mundo. Al principio trataron de reprimirse, pero Aslan dijo:

—Rían sin temor, criaturas. Ahora que ya no son más mudas ni necias, no necesitan estar serias todo el tiempo. Pues los chistes, así como la justicia, aparecen con el lenguaje.

Entonces todos se sintieron en confianza. Y fueron tales las risas que la Corneja se armó otra vez de valor y, encaramada encima de la cabeza del caballo del coche, en medio de sus orejas, batió sus alas y dijo:

–¡Aslan, Aslan! ¿He sido yo quien ha hecho el primer chiste? ¿Le contarán siempre a todo el mundo que yo hice el primer chiste?

–No, amiguita –repuso el León–. Tú no has *hecho* el primer chiste; tú sólo has *sido* el primer chiste.

Entonces todos se pusieron a reír a carcajadas; pero a la Corneja no le molestó y rió tan fuerte como ellos hasta que el caballo sacudió la cabeza y la Corneja perdió el equilibrio y cayó, pero alcanzó a acordarse de sus alas –que todavía no había estrenado– ante de llegar al suelo.

–Y ahora –dijo Aslan–, Narnia ha sido fundada. De ahora en adelante debemos preocuparnos de protegerla. Llamaré a algunos de ustedes a formar parte de mi Consejo. Acérquense a mí, tú el jefe de los Enanos, y tú el dios del Río, y ustedes el Roble y el Búho, y los dos Cuervos y el Elefante macho. Debemos conversar. Porque aunque el mundo no tiene ni cinco horas de edad, ya el mal ha entrado en él.

Las criaturas que había nombrado se adelantaron y él se volvió y se dirigió hacia el este con ellos. Todos los demás comenzaron a hablar, diciendo cosas como: "¿Qué dijo él que había entrado en el mundo?... Un Elmal... ¿Qué es un Elmal?... No, él no dijo un Elmal, dijo un Yalmal... Bueno, ¿y qué es eso?"

–Mira, Polly –le dijo Dígory–, tengo que ir donde está él..., Aslan, quiero decir, el León. Debo hablar con él.

–¿Crees que podemos? –preguntó Polly–. Yo no me atrevería.

–Yo tengo que hacerlo replicó Dígory–. Es por mi madre. Si hay alguien que pudiera darme algo que le haga bien a ella, sería él.

–Yo iré contigo –dijo el Cochero–. Él me cae muy requetebién. Y no creo que a estas otras bestias les gustemos mucho. Y quiero decir una palabrita al viejo Fresón.

Y entonces los tres se encaminaron rápidamente y con audacia –o por lo menos con toda la audacia de que fueron capaces– hacia la asamblea de animales. Las criaturas estaban tan ocupadas hablando una con otra y trabando amistad que ni se fijaron en los tres humanos hasta que éstos estuvieron muy cerca; ni tampoco oyeron al tío Andrés, que se quedó parado a buena distancia, temblando en sus botas bien abrochadas, y que gritaba, pero de ninguna manera al máximo de su voz:

–¡Dígory! ¡Regresa! Regresa de inmediato cuando se te dice. Te prohíbo ir un paso más lejos.

Cuando por fin estuvieron en medio de los animales, éstos cesaron sus conversaciones y les clavaron la vista.

–¿Y qué es esto? –dijo el Castor, finalmente–. En nombre de Aslan, ¿quiénes son estos?

–Por favor –empezó a decir Dígory, casi sin aliento, cuando un Conejo dijo:

–Son una especie de inmensas lechugas, pienso yo.

–No, no lo somos, palabra que no –replicó Polly, apresuradamente–. No somos nada exquisito para comer.

–¡Vaya! –exclamó el Topo–. Pueden hablar. ¿Quién oyó decir alguna vez que una lechuga hablara?

–Quizás son el Segundo Chiste –sugirió la Corneja.

Una Pantera, que había estado lavándose la cara, se detuvo un momento para decir:

–Entonces, si lo son, no es tan bueno como fue el primero. Por lo menos, *yo* no veo nada divertido en ellos. –Bostezó y continuo con su lavado.

–¡Oh!, por favor –rogó Dígory–. Estoy muy apurado. Quiero ver al León.

Durante todo ese rato el Cochero había estado tratando de que Fresón lo viera. Ahora lo logró.

—Bien, Fresón, viejo querido –dijo–. Tú sabes quien soy. No te vas a quedar parado ahí y decir que no me conoces.

—¿De qué habla la Cosa, Caballo? –preguntaron varias voces.

—Bueno –respondió Fresón muy lentamente–, no lo sé con exactitud. Creo que ninguno de nosotros sabe mucho acerca de cualquier cosa, todavía. Pero tengo una vaga idea de haber visto una cosa parecida a ésta antes. Tengo la sensación de haber vivido en algún otro lugar... o alguna otra cosa... antes de que Aslan nos despertara hace unos pocos minutos. Está todo muy confuso. Como un sueño. Pero había cosas como estas tres en el sueño.

—¿Qué? –exclamó el Cochero–. ¿No me reconoces? ¿Yo que siempre te traía una mazamorra caliente en las tardes cuando no te sentías bien? ¿Yo que te cepillaba lo mejor posible? ¿Yo que nunca olvidé ponerte la capa cuando estabas al frío? No lo hubiera creído de ti, Fresón.

—Algo vuelve dijo el Caballo, pensativamente–. Sí. Déjame pensar, déjame pensar. Sí, tú acostumbrabas amarrarme una horrible cosa negra por detrás y luego me golpeabas para hacerme correr, y por muy lejos que corriera esa cosa negra siempre seguía tracata-tracata detrás de mí.

—Teníamos que ganarnos la vida, ¿entiendes? –repuso el Cochero–. La tuya igual que la mía.

Y si no había trabajo ni látigo no había tampoco establo, ni heno, ni mazamorra, ni avena. Porque te quedaron gustando las avenas cuando pude pagártelas, nadie lo puede negar.

–¿Avena? –dijo el Caballo, levantando las orejas–. Sí, algo recuerdo de eso. Sí. Estoy recordando más y más. Tú siempre ibas sentado un poco más atrás, y yo siempre iba corriendo adelante, tirándote a ti y a la cosa negra. Yo sé que yo hacía todo el trabajo.

–En verano, te lo acepto –dijo el Cochero–. Trabajo al calor para ti y un asiento fresco para mí. Pero ¿qué me dices del invierno, mi viejo, cuando tú estabas calentito y yo sentado allá arriba con los pies como hielo y el viento que me arrancaba la nariz, y las manos entumecidas que apenas podían afirmar las riendas?

–Era un país duro, cruel –comentó Fresón–. No había pasto. Sólo piedras duras.

–¡Cierto, compañero, muy cierto! –asintió el Cochero–. Era un mundo harto duro. Siempre dije que esas piedras de pavimento no eran buenas ni para un caballo. Así era Londres, así no más. A mí me gustaba tan poco como a ti. Tú eras un caballo de campo y yo era un hombre de campo. Yo cantaba en el coro, palabra, allá en mi pueblo. Pero allá no había en qué ganarse la vida.

–¡Oh!, por favor, por favor –insistió Dígory–. ¿No podríamos avanzar? El León se está alejando cada vez más. Y yo necesito con una tremenda urgencia hablar con él.

—Mira, Fresón —dijo el Cochero—. A este joven caballero se le ha puesto que tiene que hablar con el León; ese que ustedes le dicen Aslan. ¿Qué te parece si lo dejas montarte (que lo va a hacer con mucho cuidado) y te vas trotando a donde está el León? Y yo y la niñita los vamos a ir siguiendo.

—¿Montar? —preguntó Fresón—. ¡Ah!, ya me acuerdo. Quiere decir sentarse en mi lomo. Me acuerdo que había uno de los de dos patas como tú, pero más chico que solía hacer eso largo tiempo atrás. Siempre andaba con unos terroncitos, duros y cuadrados, de una cosa blanca, y me los daba. Tenían gusto a..., ¡oh!, a algo maravilloso, más dulce que el pasto.

—¡Ah!, debe haber sido azúcar —dijo el Cochero.

—Por favor, Fresón —imploró Dígory—, déjame, déjame subirme y llévame donde Aslan.

—Bueno, no me importa —dijo el Caballo—. No por una vez, como sea. Súbete.

—Mi buen Fresón —dijo el Cochero—. Anda, jovencito, te voy a echar una mano.

Dígory se encontró pronto sobre el lomo de Fresón, y muy cómodo, ya que había montado antes en pelo en su propio mampato.

—Y ahora, arre, Fresón —dijo.

–¿No tendrás por acaso un poquito de esa cosa blanca, un poquito que sea? –preguntó el Caballo.

–No, me temo que no –repuso Dígory.

–Bueno, qué le vamos a hacer –suspiró Fresón y partieron.

En ese momento un inmenso perro dogo, que había estado olfateando y mirando con mucha atención, dijo:

–Miren. ¿No hay allí otra de estas criaturas raras... allá, al lado del río, debajo de los árboles?

Entonces todos los animales miraron y vieron al tío Andrés parado muy quieto entre los rododendros, con la esperanza de que no repararan en él.

–¡Vamos! –dijeron numerosas voces–. Vamos y lo averiguaremos.

De modo que, mientras Fresón trotaba con gran agilidad llevando a Dígory hacia una dirección (y Polly y el Cochero los seguían a pie), la mayor parte de las criaturas corrían hacia el tío Andrés con rugidos, ladridos, gruñidos y varios ruidos que denotaban un vivo interés.

Ahora debemos volver atrás un poco y explicar lo que había sido la escena mirada desde el punto de vista del tío Andrés. No hizo en absoluto la misma impresión en él que en el Cochero y los niños. Porque lo que tú ves y oyes depende en buena medida de tu situación; también depende de qué clase de persona eres.

Desde que los animales comenzaron a aparecer, el tío Andrés había ido retrocediendo cada vez más, adentrándose en los matorrales. Los vigilaba con atención, claro está, pero no se interesaba mucho en lo que estaban haciendo, sino en ver si iban a abalanzarse sobre él. Como la Bruja, era bastante práctico. Simplemente no se dio cuenta de que Aslan estaba escogiendo una pareja de cada especie de animal. Todo lo que vio, o pensó ver, fue una cantidad de peligrosos animales salvajes paseándose distraídamente. Y se asombraba de que los otros animales no huyeran del enorme León.

Cuando llegó el gran momento y las Bestias hablaron, se perdió lo principal; y por una razón bastante interesante. Cuando, tiempo atrás, el León comenzó a cantar por primera vez, en esa etapa en que todavía todo era oscuridad, se había dado cuenta de que el ruido era una canción. Y le desagradó muchísimo tal canción. Lo hacía pensar y sentir cosas que no quería pensar ni sentir. Luego, cuando salió el sol y vio que el cantante era un león (*sólo* un león –se dijo–), hizo el mayor esfuerzo para convencerse de que no existía ninguna canción y que jamás había habido ninguna canción..., sólo rugidos como hace cualquier león en un zoológico en nuestro mundo. "Por supuesto que no puede haber estado realmente cantando", pensó, "debo haberlo imaginado. Me he dejado llevar por los nervios. ¿Cuándo se dijo que un león cantara". Y mientras más prolongado y hermoso era el canto del León, más esfuerzos hacía el tío Andrés para tratar de convencerse de que no oía nada más que rugidos. Y bien, el problema de tratar de hacerte más estúpido de lo que en verdad eres es que, por lo general, lo logras. El tío Andrés lo logró. Pronto oyó nada más que rugidos en el canto de Aslan. Pronto no habría podido escuchar otra cosa, aunque hubiese querido. Y cuando por fin el León habló y dijo: "Narnia, despierta", él no escuchó las palabras: sólo escuchó un gruñido. Y cuando las Bestias hablaron respondiéndole sólo escuchó ladridos, gruñidos, aullidos y berridos. Y cuando rieron..., bueno, ya puedes imaginártelo. Eso fue lo peor de todo lo que había sucedido para el tío Andrés. Un estrépito tan horrible y sanguinario de fieras hambrientas y rabiosas como no había oído en toda su vida. Después, para colmo de su ira y horror, vio que los otros tres humanos salían en ese momento a campo abierto para reunirse con los animales.

–¡Los estúpidos! –se dijo–. Ahora esas fieras se comerán los Anillos junto con los niños y yo no podré nunca más volver a casa. ¡Qué chiquillo tan egoísta es ese Dígory! Y los demás son igualmente malos. Si ellos quieren sacrificar inútilmente sus vidas, esa es cosa de ellos. Pero ¿y yo? Parece que no piensan en eso. Nadie piensa en *mí*.

Finalmente, cuando toda una multitud de animales se le vino encima, se dio media vuelta y corrió hecho un loco. Y entonces se pudo comprobar que el aire de aquel mundo joven estaba haciéndole mucho bien al anciano caballero. En Londres era excesivamente viejo como para correr; aquí, corría con una celeridad que seguramente le habría hecho ganar la carrera de los cien metros en cualquier colegio de educación básica en Inglaterra. Los faldones de su levita ondeando detrás de él era algo digno de verse. Pero claro que no le sirvió de nada. Muchos de los animales que lo

147

perseguían eran muy veloces; era la primera carrera que corrían en sus vidas y todos estaban ansiosos por usar sus nuevos músculos.

–¡Síganlo! ¡Síganlo! –gritaban–. ¡A lo mejor ése es Elmal! ¡Hala! ¡A toda velocidad! ¡Rodéenlo! ¡Acorrálenlo! ¡Ánimo! ¡Viva!

En escasos minutos varios de ellos le tomaron la delantera. Se alinearon en una fila y le cortaron el paso. Otros lo cercaron por atrás. Dondequiera que mirara veía espantos. Cornamentas de enormes alces y la inmensa cara de un elefante se elevaban ante él. Pesados osos y verracos, muy formales, gruñían detrás. Leopardos y panteras de aspecto frío y caras sarcásticas (le pareció) lo miraban fijo y agitaban sus colas. Lo que lo impactó más que todo fue la cantidad de fauces abiertas. Los animales, en realidad, abrieron sus bocas al resollar; él pensó que las habían abierto para devorarlo a él.

El tío Andrés estaba temblando y tambaleándose para todos lados. Ni en sus buenos tiempos le habían gustado los animales, y más bien siempre les había temido; y, por supuesto, años haciendo crueles experimentos con animales lo habían hecho odiarlos y temerles muchísimo más.

–Y bien, señor –dijo el Perro Dogo, en su estilo tan metódico–. ¿Es usted animal, vegetal o mineral?

Eso fue lo que dijo en realidad, pero todo lo que el tío Andrés oyó fue: "¡Gr... r... r... rrrau!"

CAPÍTULO 11

Dígory y su tío Andrés están en aprietos

Tú podrás pensar que los animales fueron sumamente estúpidos al no entender de inmediato que el tío Andrés era de la misma clase de criaturas que los dos niños y el Cochero. Mas debes recordar que los animales no sabían nada sobre vestuario. Creyeron que el vestido de Polly y el traje Norfolk* de Dígory y el sombrero hongo del Cochero formaban parte de ellos como su propia piel y plumas. Ni siquiera hubieran sabido que esos tres eran todos de la misma especie si ellos no les hubiesen hablado y si Fresón no pareciera pensarlo así. Y el tío Andrés era muchísimo más alto que los niños y muchísimo más delgado que el Cochero. Iba entero de negro, excepto su chaleco blanco (que ya no estaba tan blanco), y la gran mata de pelo gris (sumamente revuelto a estas alturas, al decir verdad) no les parecía semejante a nada que hubieran visto ya en los otros tres humanos. De modo que era muy natural que estuviesen perplejos. Para peor de males no parecía ser capaz de hablar.

Él había tratado. Cuando le habló el Dogo (o, como él pensó, primero roncó y luego le gruñó), él alargó su temblorosa mano y dijo

_____
* Traje Norfolk: estilo de ropa de chaqueta suelta.

con voz entrecortada: "Perrito bueno, tranquilo, mi viejo". Pero los animales no le entendían más de lo que él les entendía a ellos. No comprendieron ninguna palabra: sólo escucharon un vago ruido chisporroteante. Quizás fue mejor que así haya sido, pues a ningún perro que yo conozca, y mucho menos a un Perro que Habla de Narnia, le gusta que lo llamen perrito bueno; igual que a ti no te gustaría que te dijeran: "Oiga, mocosuelo".

Entonces el tío Andrés cayó sin conocimiento.

—¡Ahí tienen! —exclamó un Jabalí—, es sólo un árbol. Siempre lo pensé. (Recuerda que ellos jamás habían visto un desmayo, ni siquiera una caída.)

El Dogo, que había estado olfateando al tío Andrés por todos lados, levantó la cabeza y dijo:

—Es un animal. Con toda certeza, un animal. Y probablemente de la misma especie que aquellos otros.

—A mí no me parece —opinó uno de los Osos—. Un animal no se doblaría así. Nosotros somos animales y no nos doblamos. Nos ponemos de pie. Así —se paró en sus patas traseras, dio un paso hacia atrás, pero tropezó con una rama suelta y cayó de espaldas.

—¡El Tercer Chiste, el Tercer Chiste, el Tercer Chiste! —exclamó la Corneja, muy alborozada.

–Yo todavía pienso que es una clase de árbol –dijo el Jabalí.

–Si fuera un árbol –dijo el otro Oso–, debería tener un nido de abejas.

–Estoy seguro de que no es un árbol –opinó el Tejón–. Me pareció que trataba de hablar antes de desplomarse.

–Fue nada más que el viento en sus ramas –insistió el Jabalí.

–¡Seguramente no quieres decir –dijo la Corneja al Tejón– que crees que es un animal que habla! No dijo ni una sola palabra.

–Y, sin embargo, sabes –dijo el Elefante (la Elefanta hembra, por supuesto; su marido, como recordarás, había sido convocado por Aslan)–. Y, sin embargo, sabes, podría ser un animal de alguna especie. ¿No podría ser algo como una cara esta masa blancuzca que tiene en este extremo? ¿Y esos huecos no podrían ser ojos y una boca? No tiene nariz, claro. Pero también..., ejem..., uno no debe ser estrecho de criterio. Muy pocos de nosotros tienen lo que podría llamarse exactamente una nariz.

Dio una mirada de soslayo al largo de su trompa con un orgullo bastante perdonable.

–Me opongo firmemente a esa observación –dijo el Dogo.

–La Elefanta tiene toda la razón –dijo el Tapir.

–¡Yo les diré lo que es! –intervino el Burro, ingeniosamente–. Tal vez sea un animal que no puede hablar pero que cree que puede.

–¿Estará hecho para estar de pie? –dijo la Elefanta, pensativamente. Tomó con su trompa el cuerpo lacio del tío Andrés con mucha suavidad y lo paró, cabeza abajo, desgraciadamente, y de su bolsillo cayeron dos medio-soberanos, tres media-coronas y una moneda de seis peniques. Pero no surtió efecto: el tío Andrés simplemente volvió a desplomarse.

–¡Para que vean! –gritaron varias voces–. No es de ninguna manera un animal. No está vivo.

–Te repito, *es* un animal –insistió el Dogo–. Huélelo tú mismo.

–Oler no es todo –dijo la Elefanta.

–¿Cómo? –exclamó el Dogo–. Si un tipo no puede fiarse de su nariz, ¿de qué puede fiarse?

–Bueno, tal vez de su cerebro –replicó ella, con dulzura.

–Me opongo firmemente a esa observación –dijo el Dogo.

–Bueno, tenemos que hacer algo acerca de esto –dijo la Elefanta–. Porque podría ser un Elmal, y hay que mostrárselo a Aslan. ¿Qué piensa la mayoría? ¿Es un animal o alguna especie de árbol?

–¡Árbol! ¡Árbol! –gritó una docena de voces.

—Muy bien —dijo la Elefanta—. Entonces, si es un árbol, es preciso plantarlo. Hay que cavar un hoyo.

Los dos Topos arreglaron esa parte del asunto con gran rapidez. Hubo algunas disputas acerca de la posición en que debía ser colocado el tío Andrés dentro del hoyo, y se escapó por un pelo de que lo pusieran de cabeza. Numerosos animales dijeron que las piernas debían ser sus ramas y que por lo tanto la cosa gris y crespa (se referían a su cabeza) debían ser sus raíces. Pero entonces otros opinaron que el extremo en forma de horquilla estaba más embarrado y se extendía mejor, como deben hacerlo las raíces. Por lo cual, finalmente, fue plantado en la posición debida. Una vez apisonada la tierra, ésta le llegó hasta más arriba de las rodillas.

—Se ve espantosamente marchito —dijo el Burro.

—Claro que le falta un poco de riego —dijo la Elefanta—. Creo que *podría* decir, sin ofender a ninguno de los presentes, que, quizás, para *este* tipo de trabajo mi nariz...

—Me opongo firmemente a esa observación —exclamó el Dogo.

Pero la Elefanta se encaminó con tranquilidad hacia el río, llenó de agua su trompa y regresó para regar al tío Andrés. El sagaz animal siguió haciendo esto hasta que terminó de lanzarle a chorros varios galones de agua, y el agua le escurría por los faldones de la levita como si se hubiera dado un baño con la ropa puesta. Al final, esto lo revivió.

Despertó de su desmayo. ¡Qué despertar tuvo! Pero dejémoslo meditando detenidamente sus pérfidas acciones (si es que era capaz de hacer algo tan sensato) y volvamos a cosas mucho más importantes.

Fresón trotó con Dígory en su lomo hasta que se extinguió el ruido que hacían los demás animales, y pronto el grupito que formaban Aslan y sus recién elegidos consejeros estuvo muy cercano. Dígory sabía que era imposible interrumpir una reunión tan solemne, pero no hubo necesidad de hacerlo. A una palabra de Aslan, el Elefante, los Cuervos y todo el resto se apartaron. Dígory se bajó del caballo y se encontró cara a cara con Aslan. Y Aslan era más grande y más hermoso y más brillantemente dorado y más terrible de lo que había pensado. No se atrevió a mirar directo sus grandes ojos.

–Por favor..., señor León..., Aslan... Señor –balbuceó Dígory–. ¿Podrías..., podría yo..., por favor, podrías tú darme alguna fruta mágica de este país que haga sanar a mi madre?

Había deseado con desesperación que el León respondiera "Sí"; había estado horriblemente aterrado de oírle decir "No". Pero se desconcertó cuando no recibió ninguna de las dos respuestas.

—Este es el Muchacho —dijo Aslan, mirando, no a Dígory, sino a sus consejeros—. Este es el Muchacho que lo hizo.

"¡Ay de mí! —pensó Dígory—, ¿qué habré hecho ahora?"

—Hijo de Adán —dijo el León—. Hay una malvada bruja extranjera en mi nueva tierra de Narnia. Cuéntales a estas buenas Bestias cómo ha llegado aquí.

Una docena de cosas distintas pasaron como un relámpago por la mente de Dígory, pero tuvo el buen sentido de decir sólo la estricta verdad.

—Yo la traje, Aslan —respondió en voz baja.

—¿Con qué objeto?

—Quería sacarla de mi mundo y devolverla al de ella. Creí que la traía de regreso a su lugar de origen.

—¿Cómo fue que ella llegó a tu mundo, Hijo de Adán?

—Por..., por magia.

El León no dijo nada y Dígory comprendió que no había dicho lo suficiente.

—Fue mi tío Andrés, Aslan —explicó—. Él nos mandó fuera de nuestro mundo gracias a los Anillos mágicos; por lo menos yo tuve que ir porque él envió primero a Polly, y después nos encontramos con la Bruja en un lugar llamado Charn y ella se sujetó a nosotros cuando...

–¿Ustedes se *encontraron* con la Bruja? –preguntó Aslan en una voz baja que dejaba traslucir una amenaza de gruñido.

–Ella despertó –dijo Dígory, en forma lamentable. Y luego, poniéndose muy pálido–, es decir, yo la desperté. Porque quería saber qué pasaría si golpeaba una campana. Polly no quería que lo hiciera. No fue su culpa. Yo... le pegué. Sé que no debía hacerlo. Creo que estaba un tanto hechizado por la escritura que había bajo la campana.

–¿Lo estabas? –preguntó Aslan, siempre hablando en tono bajo y profundo.

–No –repuso Dígory–. Ahora comprendo que no lo estaba. Sólo estaba fingiendo.

Hubo una larga pausa. Y todo el tiempo Dígory pensaba: "Lo he echado todo a perder. Ahora no hay caso de conseguir algo para mi madre".

Cuando el León volvió a hablar, no se dirigió a Dígory.

–Ya ven, amigos –dijo–, que antes de que el mundo nuevo y limpio que les he dado tenga siete horas de vida, ya ha entrado en él una fuerza del mal; despertada y traída hasta acá por este Hijo de Adán.

Las Bestias, incluso Fresón, volvieron sus ojos a Dígory, haciéndolo desear que la tierra lo tragara.

—Pero no se desanimen —dijo Aslan, dirigiéndose siempre a las bestias—. De aquel mal saldrá otro mal, pero aún falta mucho, y yo me ocuparé de que lo peor caiga sobre mis hombros. Mientras tanto, la orden será que, por muchos cientos de años, esta sea una tierra feliz en un mundo feliz. Y así como la raza de Adán hizo el daño, la raza de Adán ayudará a sanarlo. Acérquense, los otros dos.

Estas últimas palabras iban dirigidas a Polly y al Cochero que acababan de llegar. Polly, toda ojos y boca, miraba de fijo a Aslan y tenía tomada la mano del Cochero, y la apretaba un poquito. El Cochero lanzó una mirada al León, y se quitó su sombrero hongo: nadie lo había visto jamás sin él. Al sacárselo, se vio mucho más joven y buen mozo, y parecía más un campesino que un cochero londinense.

—Hijo —murmuró Aslan, dirigiéndose al Cochero—. Te conozco desde hace mucho tiempo. ¿Me conoces tú a mí?

—Bueno, no señor —repuso el Cochero—. Es decir, no como se dice corrientemente. Sin embargo, se me hace la idea, si puedo decirlo con libertad, como si nos hubiéramos conocido antes.

—Eso está bien —dijo el León—. Lo sabes mejor de lo que crees, y vivirás para conocerme mejor. ¿Te gusta esta tierra?

—Es una verdadera delicia, señor —respondió el Cochero.

—¿Te gustaría vivir aquí para siempre?

—Bueno, verá señor, soy un hombre casado —dijo el Cochero—. Si mi mujer estuviera aquí, ninguno de los dos querríamos volver nunca más a Londres, creo yo. Los dos somos gente de campo en el fondo.

El León echó hacia atrás su peluda cabeza abrió la boca y dejó oír una larga y única nota no muy aguda, pero llena de poder. Polly sintió que su corazón saltaba dentro de su pecho al escucharla. Estaba segura de que era un llamado, y que cualquiera que oyera ese llamado querría obedecerlo y, lo que es más, sería capaz de obedecerlo sin importar cuántos mundos y siglos existieran de por medio. De modo que, aunque estaba maravillada, no se asombró en realidad ni se sobresaltó cuando, de repente, una joven de rostro bondadoso y sencillo salió de no sé dónde y se detuvo a su lado. Polly supo de inmediato que era la esposa del Cochero, sacada de nuestro mundo no por algún fastidioso Anillo mágico, sino rápidamente, simplemente, y dulcemente como vuela un pájaro hacia su nido. Parecía que la joven había estado en pleno día de lavado, pues usaba un delantal, tenía las mandas enrolladas hasta el codo, y traía espuma de jabón en las manos. Si hubiera tenido tiempo de ponerse sus vestidos elegantes (su mejor sombrero tenía unos adornos imitando cerezas) se habría visto horrible; tal como estaba se veía muy bonita.

Por supuesto, creía estar soñando. Por eso no se precipitó hacia su marido a preguntarle qué era lo que les estaba sucediendo. Pero cuando miró al León, ya no se sintió tan segura de que fuera un sueño, a pesar de que, por alguna razón, no pareció estar muy asustada. Luego hizo una media reverencia, como algunas niñas campesinas todavía sabían hacer en aquellos tiempos. Después de lo cual fue hacia el Cochero, puso su mano en la suya y se quedó a su lado, mirando alrededor, con un poco de vergüenza.

—Hijos míos —dijo Aslan, fijando sus ojos en ambos—, ustedes serán el primer Rey y la primera Reina de Narnia.

El Cochero abrió la boca, estupefacto, y su mujer se puso muy colorada.

—Ustedes gobernarán y darán nombre a todas estas criaturas, y harán justicia entre ellas, y las protegerán de sus enemigos cuando éstos surjan. Y surgirán enemigos, porque hay una Bruja malvada en este mundo.

El Cochero tragó con fuerza unas dos o tres veces y aclaró su garganta.

—Le pido disculpas, señor —dijo—, y le agradezco mucho, seguro, y mi señora hace lo mis-

mo, pero no soy la laya de tipo para un traba
jo como ése. Nunca tuve mucha educación
para que vea.

–Bien –dijo Aslan–, ¿puedes usar una pala
y un arado y sacar alimento de la tierra?

–Sí, señor, podría hacer un poco ese tipo
de trabajo: yo fui criado en eso.

–¿Puedes gobernar a estas criaturas con
bondad y justicia, recordando que no son es
clavas como las bestias mudas del mundo don
de naciste, sino Bestias que Hablan y súbditos
libres?

–Entiendo, señor –replicó el Cochero–. Tra
taría de tener un trato justo con todos ellos.

–¿Y enseñarías a tus hijos y a tus nietos a
hacer lo mismo?

–Dependería de mí tratar de hacerlo, señor.
Haría lo mejor que pudiera; ¿no es cierto que
lo haríamos, Nellie?

–¿Y no tendrías favoritos ni entre tus propios
hijos ni entre las demás criaturas, ni permitirías
que alguien tenga a otro bajo su dominio o que
lo trate con severidad?

–Yo nunca aguantaría tales conductas, se
ñor, y le digo la verdad. Les daría su mereci
do si los pillo en eso –repuso el Cochero.
Durante toda esta conversación su voz se ha
cía más lenta y sonora. Más semejante a la voz
de campesino que debe haber tenido cuando

pequeño y más diferente de la voz aguda y ágil de un *cockney*.*

—Y si se alzan los enemigos contra el país, porque los enemigos se alzarán, y hubiese una guerra, ¿serías el primero en el ataque y el último en la retirada?

Bueno, señor —respondió el Cochero, muy lentamente—, un tipo no puede saberlo exactamente hasta que lo prueban. Yo diría que podría resultar medio blandengue. Nunca he peleado, excepto con mis puños. Trataría..., eso es, espero que trataría... de hacer lo mejor de mi parte.

—Entonces —dijo Aslan— habrás hecho todo lo que un Rey debería hacer. Tu coronación tendrá lugar dentro de poco. Y tú y tus hijos y nietos serán bendecidos, y algunos serán Reyes de Narnia, y otros serán Reyes de Archenland, que está más allá pasado las Montañas del Sur. Y tú, Hijita —se volvió hacia Polly—, eres bienvenida. ¿Has perdonado al Muchacho por haberte agredido en el salón de las estatuas en el desolado palacio de la maldita Charn?

—Sí, Aslan, ya hicimos las paces —repuso Polly.

—Eso está bien —dijo Aslan—. Y ahora, el Muchacho.

---

* *Cockney:* habitante de ciertos barrios bajos de Londres, que habla un dialecto especial.

CAPÍTULO 12

La aventura de Fresón

Dígory mantenía su boca cerrada, bien apretada. Se sentía cada vez más y más incómodo. Esperaba que, pasara lo que pasara, no se pondría a lloriquear o a hacer cualquiera otra ridiculez.

–Hijo de Adán –dijo Aslan–. ¿Estás dispuesto a reparar el daño que le has hecho a mi dulce tierra de Narnia el día mismo de su nacimiento?

–Bueno, no veo cómo podría hacerlo –respondió Dígory–. Sabes, la Reina se escapó y...

–Te pregunté si estás dispuesto –dijo el León.

–Sí –contestó Dígory. Había tenido por un segundo la estrafalaria idea de decirle: "Trataré de ayudarte si me prometes ayudarme en lo de mi madre", pero se dio cuenta a tiempo de que el León no era en absoluto la clase de persona con quien uno puede tratar de regatear. Mas cuando dijo "Sí", pensó en su madre, y pensó en las grandes esperanzas que se había hecho, y en cómo todas iban desvaneciéndose, y se le hizo un nudo en la garganta y asomaron lágrimas a sus ojos, y dijo bruscamente:

–Pero, por favor, por favor..., podrías... ¿puedes darme algo que sane a mi madre?

Hasta ese momento había estado mirando las enormes patas delanteras del León y sus inmensas garras; ahora, en su desesperación, lo miró a la cara. Lo que vio le produjo la sorpresa más grande de su vida. Porque la rojiza cara estaba inclinada cerca de la suya y (maravilla de las maravillas) en los ojos del León había grandes y relucientes lágrimas. Eran tan grandes y tan brillantes sus lágrimas en comparación con las de Dígory, que por un instante sintió como si el León estuviese más afligido por su madre que él mismo.

–Hijo mío, hijo mío –dijo Aslan–. Ya lo sé. El dolor es grande. Sólo tú y yo lo conocemos ya en esta tierra. Seamos generosos el uno con el otro. Pero yo tengo que pensar en cientos de años en la vida de Narnia. La Bruja que trajiste a nuestro mundo regresará de nuevo a Narnia. Pero no necesariamente muy pronto. Mi deseo es plantar en Narnia un árbol al que ella no osará acercarse, y aquel árbol protegerá a Narnia de ella por muchos años. Así esta tierra tendrá una larga y brillante mañana antes de que cualquiera nube oscurezca al sol. Tú debes traerme la semilla de la cual ese árbol brotará.

–Sí, señor –repuso Dígory. No tenía idea de cómo lo haría, pero se sentía totalmente seguro de que sería capaz de hacerlo. El León respiró profundo, inclinó más aún su cabeza y le dio un beso de León. Y de inmediato Dígory sintió que una nueva fuerza y valentía se adueñaban de él.

—Hijo querido —dijo Aslan—. Te diré lo que debes hacer. Vuélvete y mira hacia el oeste y dime lo que ves.

—Veo unas montañas colosales, Aslan —contestó Dígory—. Veo este río que cae en una catarata por los acantilados. Y más allá del acantilado hay unas altas colinas verdes cubiertas de bosques. Y más allá de ellas hay una cordillera más alta que parece casi negra. Y luego, más, más lejos, hay unas inmensas montañas nevadas, amontonadas todas juntas, como en las fotografías de los Alpes. Y detrás de ellas, no hay nada más que el cielo.

—Has visto bien —dijo el León—. Mira, la tierra de Narnia termina en la caída de la catarata, y cuando hayas llegado a la cumbre del acantilado, habrás salido de Narnia y entrado en las Tierras Vírgenes del Oeste. Deberás viajar a través de esas montañas hasta encontrar un verde valle con un lago azul en medio, amurallado por montañas de hielo. Al final del lago hay una colina verde y escarpada. En la cima de esa colina hay un jardín. En el centro del jardín hay un árbol. Arranca una manzana de aquel árbol y tráemela.

—Sí, señor —repitió Dígory. No tenía ni la más remota idea acerca de cómo iba a escalar el acantilado y encontrar su ruta entre todas esas montañas, pero no quería decirlo por temor a que pudiera sonar como una excusa. Pero en cambio dijo:

—Espero, Aslan, que no tengas gran apuro. No seré capaz de llegar allá y regresar demasiado rápido.

—Hijito de Adán, tendrás ayuda —dijo Aslan.

Entonces se volvió hacia el Caballo, que había estado muy quieto al lado de ellos todo ese tiempo, agitando su cola para espantar las moscas, y escuchando con su cabeza ladeada como si la conversación fuera un poquito difícil de entender.

—Querido —dijo Aslan al Caballo—, ¿te gustaría ser un caballo con alas?

Deberías haber visto cómo el Caballo sacudió sus crines y cómo se abrieron las ventanillas de su nariz, y el golpecito que dio en el suelo con su casco trasero. Estaba claro que le gustaría muchísimo ser un caballo con alas. Pero dijo solamente:

—Si tú lo deseas, Aslan..., si realmente lo quieres..., no sé por qué tendría que ser yo..., no soy un caballo muy inteligente.

—Sé alado. Sé el padre de todos los caballos que vuelan —rugió Aslan con una voz que estremeció el suelo—. Tu nombre es Volante.

El Caballo se espantó, igual que se espantaba en esos miserables días de antaño cuando tiraba el coche. Luego se paró en dos patas. Torció hacia atrás el cuello como si una mosca estuviera picándole los hombres y quisiera rascarse. Y entonces, tal como las bestias habían brotado de la tierra, de los hombros de Volante brotaron alas que se desplegaron y crecieron, más grandes que las de las águilas, más grandes que las de los cisnes, más grandes que las de los ángeles en las ventanas de las iglesias. Resplandecían las plumas color castaña y color cobre. Hizo una gran barrida con ellas y saltó en el aire. A cinco metros por encima de Aslan y de Dígory dio un bufido, relinchó y se puso a corcovear. Después de hacer un círculo alrededor de ellos, se dejó caer en tierra, con sus cuatro cascos juntos, con un aire torpe y sorprendido pero extremadamente satisfecho.

–¿Es agradable, Volante? –preguntó Aslan.

–Es sumamente agradable, Aslan –repuso Volante.

–¿Podrías llevar en tu lomo a este hijito de Adán hasta el valle montañoso de que les hablé?

–¿Qué? ¿Ahora? ¿De inmediato? –dijo Fresón..., o más bien Volante, como debemos llamarlo ahora–. ¡Bravo! Sube, pequeño. He tenido cosas como tú en mi lomo antes de ahora. Hace mucho, mucho tiempo. Cuando había campos verdes, y azúcar.

–¿Qué están cuchicheando las dos hijas de Eva? –dijo Aslan, volviéndose súbitamente hacia Polly y la mujer del Cochero, las que en realidad ya se habían hecho amigas.

–Por favor, señor –dijo la Reina Elena, porque eso era ahora Nellie, la mujer del Cochero–, creo que a la niñita le encantaría ir también, si no fuera mucha molestia.

–¿Qué dice a eso Volante? –preguntó el León.

–¡Oh!, a mí no me importa llevar a dos, sobre todo cuando son chicos –repuso Volante–. Pero espero que el Elefante no quiera venir con ellos.

El Elefante no quería, y el nuevo Rey de Narnia ayudó a los dos niños a montar: es decir, le dio a Dígory un violento empujón y puso a Polly sobre el lomo del caballo tan suave y delicadamente como si fuera de porcelana y pudiera quebrarse.

–Ahí los tienes, Fresón..., Volante, quiero decir. ¡Qué enredo tan grande!

–No vueles demasiado alto –dijo Aslan–. No trates de pasar por encima de las cumbres de las grandes montañas de hielo. Busca los valles, los lugares verdes y atraviésalos. Siempre habrá algún paso por ahí. Y ahora váyanse, con mi bendición.

–¡Oh, Volante! –exclamó Dígory, inclinándose hacia adelante para acariciar el lustroso cuello del caballo—. Esto sí que es entretenido. Sujétate bien firme a mí, Polly.

En un segundo el campo quedó atrás, girando rápidamente cuando Volante, como una inmensa paloma, hizo uno o dos círculos antes de partir en su largo vuelo rumbo al oeste. Mirando hacia abajo, Polly apenas alcanzaba a ver al Rey y a la Reina, y hasta Aslan era sólo una mancha de brillante color amarillo contra el verde pasto. Pronto el viento azotó sus caras y las alas de Volante se acostumbraron a un aleteo tranquilo.

Toda Narnia, de mil colores con sus prados y sus rocas y sus brezos y sus distintas clases de árboles, se extendía bajo ellos, y el río serpenteaba atravesándola como una cinta de azogue. Ya podían ver por encima de las cumbres de las colinas bajas situadas al norte, a su derecha; más allá de aquellas colinas un gran brezal ascendía suavemente hasta el horizonte. A su izquierda las montañas eran mucho más altas, pero de vez en cuando había algún desfiladero donde podías entrever, entre abruptos bosques de pinos, un vislumbre de las tierras sureñas que se encontraban más allá de ellas, azules y muy lejanas.

—Ahí debe ser donde está Archenland —dijo Polly.

—Sí, ¡pero mira para adelante! —dijo Dígory.

Porque en ese momento se elevaba ante ellos una gran barrera de acantilados, y quedaron casi deslumbrados por los rayos del sol que danzaban sobre la gran catarata por la cual el río ruge y centellea bajando hasta la propia Narnia desde las tierras altas del oeste en donde nace. Volaban tan alto ya, que el tronar de aquellas cascadas apenas se lograba escuchar como un ruido insignificante y tenue, pero sin embargo aún no estaban a suficiente altura como para volar por sobre la cumbre de los acantilados.

—Vamos a tener que zigzaguear un poco aquí —dijo Volante—. Sujétense firme.

Comenzó a volar de acá para allá, tomando más altura a cada giro. El aire se volvía más frío, y escucharon el llamado de las águilas muchísimo más abajo de ellos.

—¡Oye, mira para atrás! Mira detrás de nosotros —dijo Polly.

Ahí pudieron ver todo el valle de Narnia que se extendía hasta donde, justo antes del horizonte oriental, se divisaba relucir el mar. Y ahora volaban tan alto que apenas distinguían algo semejante a diminutas montañas de bordes desiguales que asomaban más allá de los páramos del norte y, a lo lejos, hacia el sur, grandes llanuras de algo que parecía ser arena.

—Me gustaría que tuviéramos alguien que nos dijera qué son todos esos lugares —dijo Dígory.

—No creo que sean ningún lugar todavía —dijo Polly—. Quiero decir que no hay nadie allí, y no sucede nada. El mundo comenzó recién hoy día.

—No, pero *llegará* gente allí —murmuró Dígory—. Y entonces tendrán su historia, ya lo verás.

—Bueno, es estupendo que todavía no la tengan —repuso Polly—. Porque así nadie puede obligar a nadie a aprenderla. Batallas y fechas y toda esa lata.

Ahora iban volando por sobre la cima de los acantilados y en pocos minutos el valle de Narnia se perdió de vista tras ellos. Iban sobre un campo agreste de escarpadas colinas y oscuras selvas, siempre siguiendo el curso del río. Imponentes montañas empezaban a asomar adelante. Pero ahora el sol daba en los ojos de los viajeros y no podían ver muy claramente en esa dirección. Porque el sol se iba hundiendo más y más bajo hasta que el cielo occidental pareció un formidable horno lleno de oro fundido; y por fin se puso detrás de una punta dentada que se alzaba contra el resplandor mostrando una forma tan afilada y plana que parecía un recorte en cartulina.

—No hace nada de calor acá arriba —comentó Polly.

—Y me están empezando a doler las alas —se quejó Volante—. No hay señales del valle con el lago en medio, como dijo Aslan. ¿Qué les parece bajar y buscar un lugar decente donde pasar la noche? No llegaremos al otro sitio esta tarde.

—Sí, y seguramente ya es hora de la cena —repuso Dígory.

Entonces Volante empezó a descender, cada vez más bajo. Cuando ya estaban cerca de la tierra y en medio de las colinas, el aire se hizo más tibio; y después de viajar tantas horas sin escuchar otra cosa que el golpe de las alas de Volante, fue más agradable oír ruidos familiares y terrenales otra vez, como el parloteo del río en su lecho de piedras y el crujido de los árboles mecidos por la ligera brisa. Un olor cálido y agradable a tierra endurecida por el sol y a pasto y a flores llegó hasta ellos. Por fin Volante aterrizó. Dígory cayó rodando y ayudó después a Polly a desmontar. Ambos estaban contentos de poder estirar sus piernas acalambradas.

El valle a que habían bajado estaba situado en el corazón de las montañas; cumbres nevadas, una de ellas color rosado rojizo por los reflejos del sol poniente, se alzaban por encima de ellos.

–Tengo bastante hambre –dijo Dígory.

–Bueno, ¡a comer! –dijo Volante, tomando un enorme bocado de hierba. Luego levantó la cabeza, mascando todavía y con pedacitos de pasto colgando a ambos lados de su boca, como bigotes, y dijo:

–Vengan, ustedes dos. No sean tímidos. Hay de sobra para todos.

–Pero nosotros no podemos comer pasto –dijo Dígory.

–H'm, h'm –dijo Volante, hablando con la boca llena–. Bueno..., h'm..., entonces no sé muy bien qué van a hacer. Y es un muy buen pasto.

Polly y Dígory se miraron desconsolados.

–Bueno, creo que *alguien* debe haber arreglado lo de nuestra comida –dijo Dígory.

–Estoy seguro que Aslan lo habría hecho, si se lo hubieran pedido –murmuró Volante.

–¿No lo sabría sin que se lo pidiéramos? –preguntó Polly.

–No tengo la menor duda de que lo sabría –dijo el Caballo, todavía con la boca llena–. Pero tengo la idea de que a él le gusta que se lo pidan.

–Pero ¿qué diablos vamos a hacer? –preguntó Dígory.

–Te aseguro que no lo sé –replicó Volante–. A menos que pruebes la hierba. Puede que te guste más de lo que te imaginas.

–¡No seas tonto! –exclamó Polly, pateando en el suelo–. Por supuesto que los humanos no pueden comer hierba, así como tú no podrías comer una chuleta de cordero.

–Por el amor de Dios, no hables de chuletas y esas cosas –exclamó Dígory–. Es para peor.

Dígory dijo que era mejor que Polly regresara a casa con su Anillo y consiguiera algo que comer: él no podía hacerlo porque había prometido seguir sin vacilar el encargo que le hiciera Aslan, y, si llegaba a aparecer por allá, podría suceder algo que le impidiera regresar. Pero Polly dijo que no lo abandonaría, y Dígory dijo que eso era tremendamente amable de su parte.

–Mira –dijo Polly–, todavía me quedan los restos de la bolsa de caramelos en mi bolsillo. Será mejor que nada.

–Muchísimo mejor –repuso Dígory–. Pero ten cuidado y mete la mano al bolsillo sin tocar tu Anillo.

Esa fue tarea difícil y delicada, pero se las arreglaron bien finalmente. La bolsita de papel estaba toda aplastada y pegajosa cuando lograron sacarla, de modo que fue más bien cuestión de despegar la bolsa de los caramelos que de sacar los caramelos de la bolsa. Algunos adultos (tú sabes lo quisquillosos que pueden ser acerca de este tipo de cosas) habrían preferido quedarse definitivamente sin cenar antes que comer aquellos caramelos. Había nueve en total. Fue Dígory el que tuvo la brillante idea de que comieran cuatro cada uno y el noveno lo plantaran; porque, como dijo: "si la barra que arrancaron del farol se convirtió en un arbolito de luz, ¿por qué no podría éste convertirse en un árbol de caramelo?". De modo que hicieron un hoyo pequeño en el césped y enterraron el pedazo de caramelo. Luego se comieron los otros, haciéndolos durar lo más posible. Fue una comida harto pobre, a pesar de todo el papel, que no pudieron evitar comer también.

Cuando Volante terminó su excelente cena, se tendió. Los niños se acercaron y se sentaron uno a cada lado suyo, apoyándose en su cuerpo tibio, y cuando extendió un ala sobre cada uno de ellos, se sintieron realmente muy cómodos y abrigados. Mientras salían las relucientes estrellas nuevas de aquel mundo nuevo, se pusieron a conversar sobre todo lo que había ocurrido: cómo Dígory había esperado conseguir algo para su madre y ahora, en su lugar, era enviado con esta misión. Y se repetían unos a otros todas las señales con que reconocerían el sitio que estaban buscando... el lago azul y la colina con el jardín en su cima. La conversación estaba recién comenzando a decaer a medida que les daba sueño, cuando de repente Polly se sentó, muy despierta, y dijo:

—¡Silencio!

Todos escucharon con la mayor atención.

—Tal vez fue sólo el viento en los árboles —murmuró Dígory, al cabo de un rato.

—No estoy tan seguro —dijo Volante—. De todos modos..., ¡espera! Ahí empieza otra vez. ¡Por Aslan, *es* algo!

El Caballo se incorporó rápidamente con gran bullicio y una gran sacudida; los niños ya estaban de pie. Volante trotó de acá para allá, olfateando y relinchando. Los niños, en punta de pies, recorrieron por aquí y por allá, buscando detrás de cada arbusto y de cada árbol. Constantemente creían ver cosas, y una vez Polly estuvo por completo segura de que había visto una silueta alta y oscura que se deslizaba velozmente en dirección al oeste. Pero no encontraron nada y al final Volante se echó de nuevo y los niños se reacomodaron (si es esa la palabra correcta) debajo de sus alas. Se quedaron dormidos otra vez. Volante permaneció despierto más tiempo moviendo sus orejas en todas direcciones en medio de la oscuridad y a veces le tiritaba la piel como si una mosca hubiese aterrizado encima de él; pero por último se durmió también.

CAPÍTULO 13

Un encuentro inesperado

–Despierta, Dígory; despierta, Volante –se escuchó la voz de Polly–. ¡Se *ha* convertido en un árbol de caramelo! Y es la mañana más preciosa que he visto.

El bajo sol matinal atravesaba con sus rayos el bosque y el pasto brillaba gris con el rocío y las telarañas parecían de plata. Junto a ellos había un pequeño árbol de madera muy oscura, más o menos del tamaño de un manzano. Sus hojas eran blancuzcas y delgadas como el papel, semejantes a esa hierba llamada mostaza, y estaba cargado de pequeños frutos color café que más parecían dátiles.

–¡Bravo! –gritó Dígory–. Pero primero me voy a dar una zambullida.

Se alejó velozmente por entre un par de matorrales floridos y bajó a la orilla del río. ¿Te has bañado alguna vez en un río de montaña que viene corriendo en cascadas poco profundas sobre piedras rojas y azules y amarillas iluminadas por el sol? Es igual que en el mar, y en algunos aspectos hasta es mejor. Claro que tuvo que vestirse de nuevo sin secarse, pero valió la pena. Cuando regresó, Polly bajó y se bañó; por lo menos eso dijo haber estado haciendo, pero nosotros sabemos que ella no era una gran nadadora y quizás sea mejor no hacer demasiadas preguntas. Volante también inspeccionó el río, pero solamente se paró en medio de la corriente, inclinándose para tomar un largo trago de agua y luego sacudió sus crines y relinchó varias veces.

Polly y Dígory se pusieron a comer en el árbol de caramelo. La fruta era deliciosa: no era exactamente igual al caramelo –más suave en primer lugar, y jugosa–, sino más bien como una fruta que recordaba el gusto del caramelo. Volante también tomó un excelente desayuno; probó uno de los frutos de caramelo y le gustó, pero dijo que, a esa hora de la mañana, le caía mejor la hierba. Luego, con alguna dificultad, los niños se subieron sobre su lomo y el segundo día de viaje comenzó.

Fue incluso mejor que el de ayer, en parte, porque todos se sentían tan frescos, y en parte porque el sol que acababa de salir estaba a sus espaldas y, por cierto, todo luce más bonito cuando tienes el sol detrás de ti. Fue un paseo maravilloso. Las grandes montañas nevadas se elevaban ante ellos por todos lados. Los valles, muy, muy abajo, eran tan verdes, y todos los ríos que fluían de los glaciares hacia el gran río principal eran tan azules, que les parecía volar sobre gigantescas piezas de joyería. Les habría gustado que esta parte de la aventura fuera más larga de lo que en realidad fue. Mas de pronto comenzaron los tres a oler el aire, diciendo:

"¿Qué es eso?" y "¿Sentiste un olor?" y "¿De dónde viene?" Un aroma celestial, tibio y dorado, como si saliera de las más deliciosas frutas y flores del mundo, estaba subiendo hasta ellos desde algún lugar allá adelante.

–Viene del valle con el lago al medio –dijo Volante.

–Así es –asintió Dígory–. ¡Y miren! Hay una colina verde al otro lado del lago. Y miren qué azul es el agua.

–Debe ser el Lugar –dijeron los tres.

Volante empezó a bajar describiendo amplios círculos. Las puntas heladas se elevaban más y más altas. El aire se tornó más cálido y más dulce por momentos, tan dulce que casi se te llenaban los ojos de lágrimas. Volante se deslizaba ahora con sus grandes alas desplegadas e inmóviles a cada lado, y sus cascos tocando el suelo. La escarpada colina verde se precipitaba contra ellos. Unos instantes más tarde aterrizaban en su ladera de manera poco elegante. Los niños se bajaron rodando, cayeron sin hacerse ningún daño sobre la hierba fina y tibia, y se pusieron de pie, jadeando un poco.

Estaban más o menos a mitad del camino a la punta de la colina, y se pusieron de inmediato a trepar. (No creo que Volante hubiera podido arreglárselas si no hubiese tenido sus alas para equilibrarse y ayudarse con un ale-

eo de vez en cuando.) A todo el rededor de
a cima de la colina había una elevada mura-
la de verde pasto. Dentro de ella crecían nu-
nerosos árboles. Sus ramas colgaban por
encima del muro y sus hojas mostraban un co-
orido no sólo verde sino también azul y pla-
eado cuando el viento las agitaba. Al llegar a
a cumbre, los viajeros dieron una vuelta casi
entera por fuera de la muralla verde antes de
encontrar sus puertas: altísimas puertas de oro,
herméticamente cerradas, que daban directo
nacia el oriente.

Yo creo que hasta ahora Volante y Polly
habían tenido la idea de que iban a entrar con

Dígory. Pero ya no lo pensaban así. No ha visto jamás un sitio tan obviamente privado como ése. De una sola mirada te dabas cuen ta de que pertenecía a alguien. Sólo un tonto soñaría en entrar a menos que hubiera sido enviado allí con alguna misión muy especial El mismo Dígory comprendió al instante que los otros no debían ni podían entrar con él Se dirigió a las puertas solo.

Cuando se acercó a ellas, vio algunas pala bras escritas sobre el oro con letras de plata decían algo así:

Entra por las puertas de oro o no entres.
Toma de mis frutos para los demás o abstente.
Pues aquellos que roban o aquellos que escalan
mi muro hallarán lo que desea su corazón y
hallarán desesperación.

—*Toma de mis frutos para los demás* —dijo Dígory—. Bueno, eso es lo que yo voy a ha cer. Quiere decir que no debo comerlos yo supongo. No sé qué querrá decir esa palabre ría en la última línea. *Entra por las puertas de oro.* Bueno, ¡quién quiere escalar un muro s puede entrar por una puerta! Pero ¿cómo se abren las puertas?

Estiró su mano hacia ellas y al instante se separaron, abriéndose hacia adentro, girando en sus goznes sin el menor ruido.

Ahora que podía mirar dentro del recinto, e pareció más privado que nunca. Entró con gran solemnidad, mirando a su alrededor. Todo estaba muy tranquilo adentro. Incluso la fuente que se alzaba cerca de la mitad del jardín hacía apenas un leve ruido. El aroma delicioso lo envolvía; era un lugar placentero pero sumamente sobrio.

De inmediato supo cuál era el árbol preciso, en parte, porque se encontraba justo al centro y, en parte, porque las enormes manzanas plateadas de que estaba cargado brillaban intensamente y lanzaban su propia luz sobre los lugares sombríos donde no alcanzaba a llegar el sol. Cruzó derecho hacia él, cogió una manzana, y la puso en el bolsillo de arriba de su chaqueta Norfolk. Pero no se pudo contener y la miró y la olió antes de guardarla en el bolsillo.

Habría sido mucho mejor que no lo hubiese hecho. Sintió una terrible sed y hambre y un ansia de probar esa fruta. La puso apresuradamente en su bolsillo; pero había muchas más. ¿Sería malo probar una? Después de todo, pensó, el aviso de la puerta podría no ser exactamente una orden; podría haber sido sólo un consejo... y ¿quién les hace caso a los consejos? Y, hasta si era una orden, ¿la desobedecería por comerse una manzana? Ya había obedecido la parte sobre tomar una "para los demás".

Mientras pensaba en todo esto, miró hacia arriba por casualidad a través de las ramas, hacia la copa del árbol. Allí, posado en una rama encima de su cabeza, un maravilloso pájaro se preparaba a pasar la noche. Digo "pasar la noche", porque parecía casi adormecido; tal vez no del todo. Una diminuta rendijita de un ojo estaba abierta. Era más voluminoso que un águila, su pecho color azafrán, su cabeza coronada por una cresta color escarlata, y su cola púrpura.

–Lo que prueba –dijo Dígory después cuando relató la historia a los otros– que nunca es excesivo el cuidado que debes tener en estos sitios mágicos. Nunca sabes qué puede estar observándote.

Pero yo pienso que Dígory en ningún caso habría sacado una manzana para sí mismo. Cosas como No Robarás eran, creo yo, repetidas con más insistencia y metidas en las cabezas de los niños en esos tiempos con más fuerza que ahora. Con todo, no podemos nunca estar muy seguros.

Dígory estaba a punto de volverse para regresar hacia las puertas cuando se detuvo para dar una última mirada en rededor. Se llevó una espantosa sorpresa. No estaba solo. Allí, sólo a pocos metros de distancia, estaba la Bruja. Estaba justamente arrojando el corazón de una manzana que acababa de comerse. El jugo era más negro de lo que pudieras suponer y le había dejado una mancha horrible en los labios. Dígory adivinó inmediatamente que debía haber escalado el muro. Y principió a comprender que tenía algún sentido esa última línea acerca de obtener lo que tu corazón desea y encontrar junto con eso la desesperación. Pues la Bruja se veía más fuerte y orgullosa que nunca e incluso, en cierta forma, triunfante; mas su rostro estaba mortalmente blanco, blanco como la sal.

Todo esto pasó en una fracción de segundo por la mente de Dígory; luego giró sobre sus talones y corrió como un rayo hacia las puertas; y la Bruja detrás. En cuanto salió, las puertas se cerraron tras él por sí solas. Eso le dio una ventaja, pero no por mucho tiempo. Cuando iba llegando donde estaban los demás, gritándoles: "¡Rápido, Polly, súbete! ¡Levántate, Volante!", ya la Bruja escalaba el muro, o saltaba por encima, y lo seguía muy de cerca nuevamente.

—Quédate donde estás —le gritó Dígory, dando vuelta su cara hacia ella—, o desapareceremos. No te acerques ni un paso más.

—Muchacho estúpido —dijo la Bruja—. ¿Por qué huyes de mí? No pretendo hacerte ningún daño. Si no te detienes a escucharme ahora, te perderás algunas cosas que es necesario saber para que seas feliz toda tu vida.

–Pero no quiero oírlas, gracias –replicó Dígory. Pero lo hizo.

–Conozco la misión que te ha traído aquí –continuó la Bruja–. Pues era yo la que estaba cerca de ti anoche en los bosques y escuché todas tus deliberaciones. Has arrancado una fruta allá en el jardín. La tienes en tu bolsillo. Y la vas a llevar de vuelta, sin probarla, al León; para que *él* se la coma, para que *él* la use. ¡Ingenuo! ¿Sabes qué es ese fruto? Te lo diré. Es la manzana de la juventud, la manzana de la vida. Yo lo sé, pues la he probado; y ya estoy sintiendo tales cambios en mí que estoy segura de que jamás envejeceré ni moriré. Cómela, muchacho, cómela, y tú y yo viviremos para siempre y seremos el rey y la reina de todo este mundo... o del tuyo si decidimos regresar a él.

–No, gracias –respondió Dígory–, no sé si me gustaría tanto seguir viviendo y viviendo después que toda la gente que conozco haya muerto. Prefiero vivir un tiempo normal y morirme e ir al Cielo.

–Pero, ¿qué hay con esa madre tuya a quien dices querer tanto?

–¿Qué tiene ella que ver con esto? –preguntó Dígory.

–¿No entiendes, estúpido, que un solo mordisco de esa manzana la sanaría? La tienes en tu bolsillo. Estamos aquí solos y el León está lejos. Usa tu magia y regresa a tu propio mun-

186

do. Un minuto más tarde puedes estar al lado de tu madre, dándole la fruta. Y en cinco minutos verás como recupera los colores. Te dirá que ya no siente dolor. En seguida te dirá que se siente más fuerte. Luego se dormirá...; piensa en eso: horas de tranquilo sueño natural, sin dolor, sin medicamentos. Al día siguiente todos dirán que se ha recuperado de manera maravillosa. Pronto estará absolutamente sana de nuevo. Todo se arreglará e irá bien otra vez. Tu hogar volverá a ser un hogar feliz. Serás como todos los demás niños.

–¡Oh! –exclamó Dígory, jadeando como si le doliera algo, y se llevó la mano a la cabeza. Porque sabía que tenía ante él la más terrible elección que hacer.

–¿Qué ha hecho el León por ti alguna vez para que quieras ser su esclavo? –preguntó la Bruja–. ¿Qué puede hacer por ti una vez que estés de regreso en tu mundo? ¿Y qué pensaría tu madre si supiera que pudiste haberla librado de sus dolores y haberle devuelto la vida y haber impedido que a tu padre se le rompiera el corazón, y que no lo hiciste..., que preferiste hacer de mensajero de un animal salvaje en un mundo extraño con el cual no tienes nada que ver?

–Yo..., yo no creo que él sea un animal salvaje –contestó Dígory con voz entrecortada–. Él es..., no sé...

–Entonces es algo mucho peor –dijo la Bruja–. Mira lo que ha hecho ya contigo: mira lo inhumano que te ha vuelto. Es lo que hace con todos los que lo escuchan. ¡Muchacho cruel, despiadado! Dejarías morir a tu propia madre antes de...

–¡Oh, cállate! –dijo el desdichado Dígory, en el mismo tono de voz–. ¿Crees que no entiendo? Pero, he..., he prometido.

–¡Ah!, pero no sabías lo que estabas prometiendo. Y nadie aquí te puede aconsejar.

–A mi misma madre –dijo Dígory, encontrando con dificultad las palabras– no le agradaría..., terriblemente estricta en cuanto al cumplimiento de las promesas..., y no robar... y todas esas cosas. *Ella* me diría que no lo hiciera... sobre la marcha..., si estuviera aquí.

–Pero no es preciso que lo sepa nunca –dijo la Bruja, hablando en tono mucho más dulce del que podrías pensar que usaría alguien con una cara tan cruel–. No le dirías cómo obtuviste la manzana. Tu padre no necesita saberlo. Nadie en tu mundo tiene por qué saber nada acerca de toda esta historia. Tampoco es necesario que te lleves de vuelta a la niñita, ¿no es cierto?

Allí fue donde la Bruja cometió su fatal error. Claro que Dígory sabía que Polly podría irse con su propio Anillo igual que él podía hacerlo con el suyo. Pero al parecer la Bruja no sabía esto.

Y su bajeza al sugerir que abandonara a Polly, hizo que, repentinamente, todas las demás cosas que la Bruja había dicho sonaran falsas y huecas. Y aun en medio de todo su sufrimiento, su mente se aclaró de súbito, y dijo, con una voz diferente y mucho más fuerte:

—Mira: ¿qué tienes *tú* que ver con todo esto? ¿Por qué demuestras *tú* ese cariño tan intenso por *mí* madre tan repentinamente? ¿Qué tiene que ver ella contigo? ¿Qué pretendes?

—¡Muy bien, Digs! —susurró Polly en su oído—. ¡Rápido! Vámonos en el acto.

No se había atrevido a decir una palabra durante toda la discusión porque, entiéndeme, no era *su* madre la que estaba por morir.

—Arriba entonces —dijo Dígory, empujándola encima del lomo de Volante y trepando después él mismo con toda la rapidez que pudo. El caballo desplegó sus alas.

—Vayan, pues, estúpidos —gritó la Bruja—. ¡Piensa en mí, muchacho, cuando yazgas viejo, débil y moribundo y recuerda que rechazaste la oportunidad de la eterna juventud! No se te volverá a ofrecer.

Ya se encontraban tan alto que apenas la escuchaban. Tampoco perdió la Bruja su tiempo mirándolos; la vieron marcharse hacia el norte por la ladera de la colina.

Habían partido temprano en la mañana y lo que ocurrió en el jardín no tomó mucho tiempo, de modo que Volante y Polly dijeron que fácilmente estarían de regreso en Narnia antes de que cayera la noche. Dígory no habló en todo el camino de vuelta y los otros no se atrevían a hablarle. Estaba sumamente triste y no siempre se sentía seguro de haber hecho lo correcto; mas cada vez que se acordaba de las relucientes lágrimas de Aslan, tenía la más plena seguridad.

Durante todo el día el caballo voló sin parar, incansablemente; fue hacia el este guiándose por el río, atravesando las montañas y volando por sobre las silvestres colinas boscosas, y después por encima de la gran catarata, y siguió y siguió hasta donde el imponente acantilado oscurecía con su sombra los bosques de Narnia, hasta que, por fin, cuando el cielo se teñía de rojo tras ellos con la puesta de sol, vio un sitio donde había muchas criaturas reunidas a la orilla del río. Y pronto pudo ver a Aslan en medio de ellos. Volante se deslizó hacia abajo, extendió sus cuatro patas, cerró sus alas y aterrizó a medio galope. Luego se paró en seco. Los niños desmontaron. Dígory vio que todos los animales, enanos, sátiros, ninfas y otras cosas se apartaban a derecha e izquierda para dejarle el paso. Él se dirigió directamente hacia Aslan, le entregó la manzana, y dijo:

–Te traje la manzana que querías, señor.

CAPÍTULO 14

Plantando el árbol

—¡Bravo! —dijo Aslan, con una voz que hizo temblar la tierra.

Entonces Dígory supo que todos los narnianos habían escuchado esas palabras y que la historia de ellas se transmitiría de padres a hijos en aquel nuevo mundo por cientos de años y quizás para siempre. Pero Dígory no corría el menor peligro de envanecerse, pues no pensaba ni por asomo en eso ahora que estaba cara a cara frente a Aslan. Esta vez pudo mirar al León directo a los ojos. Había olvidado sus angustias y se sentía absolutamente satisfecho.

—Bravo, Hijo de Adán —repitió el León—. Has pasado hambre y sed y has llorado por esta fruta. Ninguna otra mano fuera de la tuya sembrará la semilla del Árbol que será la protección de Narnia. Arroja la manzana hacia la ribera del río donde el suelo es blando.

Dígory hizo lo que le decía. Todos se habían quedado tan callados que podías escuchar el ruido sordo en el lugar donde cayó entre el barro.

—Ha sido bien lanzada —dijo Aslan—. Ahora procederemos a la coronación del Rey Francisco de Narnia y de Elena, su Reina.

Los niños repararon en ellos por primera vez. Estaban ataviados con extraños y bellos vestidos, y de sus hombros caían elegantemente suntuosos mantos, cuyos ruedos sostenían cuatro Enanos el del Rey, y cuatro Ninfas del río el de la Reina. Llevaban la cabeza descubierta; Elena se había dejado el pelo suelto, lo que había mejorado grandemente su apariencia. Pero no era ni el pelo ni los trajes lo que los hacía lucir tan distintos de lo que eran antes. Sus rostros tenían una nueva expresión, especialmente el del Rey. Se borró toda la mordacidad, astucia y espíritu pendenciero que había adquirido siendo un Cochero en Londres, y la valentía y la bondad que siempre había tenido se hicieron más evidentes en él. Quizás sería el aire del nuevo mundo que lo ocasionó, o el hablar con Aslan, o ambas cosas.

–¡Te lo juro –susurró Volante al oído de Polly–, mi antiguo amo ha cambiado casi tanto como yo! Pero si es un verdadero Amo ahora.

–Sí, pero no zumbes en mi oído de esa manera –dijo Polly–. Me haces cosquillas.

–Y ahora –dijo Aslan–, algunos de ustedes deshagan esa maraña que hicieron con aquellos árboles, para que podamos ver qué encontraremos allí.

Dígory vio que en el lugar donde cuatro árboles crecían muy juntos, todas sus ramas habían sido ligadas o atadas juntas con varillas para formar una suerte de jaula. Dos Elefantes con sus trompas y unos cuantos Enanos con sus pequeñas hachas lograron deshacerla rápidamente. Dentro había tres cosas. Una era un árbol nuevo que parecía hecho de oro; la segunda era un árbol nuevo que parecía hecho de plata; pero la tercera era un miserable objeto con sus ropas embarradas, sentado con el cuerpo encorvado en medio de ellos.

—¡Cielos! —murmuró Dígory—. ¡Mi tío Andrés!

Para explicarse todo esto, hay que volver atrás un poco. Como recordarás, las bestias habían tratado de plantarlo y de regarlo. Cuando el riego lo ayudó a recuperar el sentido, se encontró calado hasta los huesos, enterrado hasta los muslos en la tierra —que rápidamente se convertía en barro— y rodeado por mayor cantidad de animales salvajes que lo que hubiera jamás soñado en toda su vida. No es de extrañar, tal vez, que se haya puesto a gritar y a aullar. Como sea, fue bueno, porque así terminó por convencer a todos (hasta al Jabalí) de que estaba vivo. De modo que lo desenterraron otra vez, sus pantalones se encontraban ahora en un estado realmente vergonzoso. En cuanto tuvo las piernas libres trató de escapar, pero un rápido lazo de la trompa del Elefante alrededor de su cintura puso en seguida fin al intento. Todos pensaron entonces que debían guardarlo con cuidado en alguna parte hasta que Aslan tuviera tiempo de venir a verlo y decir qué debía hacerse con él. Hicieron, por tanto, una especie de jaula o corral en torno a él. Después le ofrecieron todo lo que se les ocurrió para que comiera.

El Burro recogió rumas de cardos y se los arrojó dentro, pero el tío Andrés no dio muestras de interesarse en ellos. Las Ardillas lo bombardearon con una andanada de nueces, pero él lo único que hizo fue taparse la cabeza con sus manos y tratar de esquivarlas. Numerosos pájaros volaron de aquí para allá diligentemente dejándole caer gusanos. El Oso fue en especial cariñoso. En la tarde encontró un nido de abejas salvajes y en vez de comérselo él –lo que le hubiera gustado muchísimo–, esta noble criatura se lo trajo al tío Andrés. Pero este fue el peor fracaso de todos. El Oso lo lanzó como una pelota por encima del cerco y, desgraciadamente, le pegó de lleno en la cara al tío Andrés. No murieron todas las abejas. El Oso, a quien no le habría importado nada que lo golpeara en plena cara un panal de miel, no pudo entender por qué el tío Andrés se hacía atrás tambaleándose, resbalaba, y se sentaba en el suelo. Y fue pura mala suerte que se sentara en el montón de cardos. "Y de todas maneras", como dijo el Jabalí, "una buena cantidad de miel fue a parar a la boca de la criatura y eso, obligadamente, tiene que haberle hecho bien". Se estaban encariñando mucho con su extraño regalón y deseaban que Aslan les permitiera quedarse con él. Los más listos estaban seguros ahora de que al menos algunos de los ruidos que salían de su boca tenían cierto significado. Lo bautizaron con el nombre de Coñac, por lo a menudo hacía ese ruido.

Al final, sin embargo, tuvieron que dejarlo allí esa noche. Aslan estuvo ocupado todo ese día dando instrucciones al nuevo Rey y a la Reina y haciendo otras cosas importantes, y no pudo preocuparse del "querido Coñac". Con todas las nueces, manzanas, peras y plátanos que le habían tirado tuvo una bastante buena cena; pero no sería verdad si dijéramos que pasó una noche agradable.

–Traigan a la criatura –dijo Aslan.

Uno de los Elefantes recogió al tío Andrés con su trompa y lo depositó a los pies del León. Estaba demasiado aterrado para moverse.

–Por favor, Aslan –dijo Polly–, ¿no podrías decir algo para..., para quitarle el susto? ¿Y después, podrías decirle algo para evitar que vuelva otra vez acá?

–¿Tú crees que *quiere* volver? –preguntó Aslan.

–Bueno, Aslan –repuso Polly–, podría enviar a otra persona. Está tan entusiasmado con lo de la barra arrancada del farol que brotó y de allí creció un árbol de farol y cree...

–Él piensa sólo disparates, niña –dijo Aslan–. Este mundo está estallando de vida en estos pocos días, porque el canto con el que lo traje a la vida aún permanece en el aire y retumba en el suelo. No durará mucho. Pero no puedo decirle esto a ese viejo pecador, y tampoco puedo consolarlo; él mismo se ha hecho incapaz de escuchar mi voz. Si le hablara, lo único que oiría serían gruñidos y rugidos. ¡Oh, hijos de Adán, con qué inteligencia se defienden a sí mismos contra todo lo que puede hacerles un bien! Pero le daré el único regaló que todavía es capaz de recibir.

Inclinó la cabeza con cierta melancolía, y sopló en la aterrada cara del Mago.

–Duerme –le dijo–. Duerme y aléjate por algunas pocas horas de todos los tormentos que has deseado para ti.

De inmediato el tío Andrés se desplomó con los ojos cerrados y empezó a respirar sosegadamente.

–Llévenlo más allá y tiéndanlo en el suelo –dijo Aslan–. Y ahora, ¡Enanos! Demuéstrenme sus habilidades como herreros. Háganme dos coronas para vuestro Rey y vuestra Reina.

No podrías soñar la cantidad de Enanos que se precipitaron hacia el Árbol Dorado. Lo deshojaron totalmente y también le arrancaron algunas ramas antes de que alcanzaras a decir Jesús. Y entonces los niños pudieron ver que no solamente parecía dorado, sino que era de real y blando oro. Había surgido, por supuesto, del lugar donde cayeron los soberanos del bolsillo del tío Andrés cuando lo pusieron de cabeza; igual que el árbol plateado había brotado de las medias coronas. De la nada, o así lo parecía, salieron a relucir rumas de malezas para leña, un pequeño yunque, martillos, tenazas y fuelles. En un minuto —cómo les gustaba su trabajo a esos Enanos— el fuego ardía, los fuelles rugían, el oro se fundía, los martillos tintineaban. Dos Topos, a quienes Aslan había puesto a cavar —que era lo que más les gustaba— desde muy temprano, volcaron un montón de piedras preciosas a los pies de los Enanos. Bajo las hábiles manos de los diminutos herreros, dos coronas empezaron a tomar forma, no esas cosas pesadas y feas como las modernas coronas europeas, sino unos ligeros, delicados, bellamente labrados cintillos que sí podías usar y verte más elegante. La del Rey tenía rubíes engastados, y la de la Reina, esmeraldas.

Una vez que las enfriaron en el río, Aslan hizo a Francisco y Elena arrodillarse ante él y les colocó las coronas sobre sus cabezas. Luego les dijo:

—Levántense, Rey y Reina de Narnia, padre y madre de muchos reyes que reinarán en Narnia y en las Islas y en Archenland. Sean justos y clementes y valerosos. La bendición esté con ustedes.

Entonces todos aplaudieron o aullaron o relincharon o barritaron o batieron sus alas y la pareja real se quedó de pie con un aire solemne y un poquito tímido, pero extremadamente noble en su timidez. Y cuando Dígory todavía aplaudía, escuchó a su lado la voz profunda de Aslan:

—¡Miren!

La muchedumbre volvió la cabeza y entonces todos exhalaron un profundo suspiro de asombro y deleite. A poca distancia, sobresaliendo por sobre sus cabezas, vieron un árbol que, con toda certeza, no estaba allí antes. Debía haber crecido silenciosamente, pero con la ligereza con que se despliega una bandera

cuando la izas en el asta, mientras ellos estaban ocupados con la coronación. Sus ramas extendidas más parecían dar luz que sombra, y unas manzanas de plata asomaban como estrellas debajo de cada hoja. Pero fue más bien el aroma que despedía, más aún que la apariencia, lo que hizo que cada cual retuviera el aliento. Por unos momentos nadie pudo siquiera pensar en otra cosa.

–Hijo de Adán –dijo Aslan–, sembraste bien. Y ustedes, narnianos, que vuestra primera preocupación sea cuidar este Árbol, pues es vuestro Escudo. La Bruja de quien les hablé ha huido hacia el norte del mundo; allí vivirá, fortaleciéndose en magia negra. Pero en tanto florezca ese Árbol, jamás vendrá a Narnia. No se atreve a acercarse a mil metros del Árbol, porque su aroma, que es dicha y vida y salud para ustedes, es muerte y horror y desesperación para ella.

Todos contemplaban con gran solemnidad el Árbol cuando de súbito Aslan giró la cabeza –desparramando dorados destellos de luz que salían de su melena– y fijó sus inmensos ojos en los niños.

–¿Qué pasa, niños? –preguntó, pues los sorprendió justo en el momento en que susurraban entre ellos y se daban de codazos.

–¡Oh...! Aslan, señor –balbuceó Dígory, enrojeciendo–. Olvidé decírtelo. La Bruja ya ha comido una de esas manzanas, una de la misma especie de esa de donde proviene aquel Árbol.

En realidad, no dijo todo lo que pensaba, pero Polly de inmediato lo dijo por él. Dígory siempre tenía más miedo que ella de parecer tonto.

–Así es que pensamos, Aslan –dijo ella–, que debe haber algún error y que a ella en realidad no le molesta el olor de aquellas manzanas.

–¿Por qué piensas así, Hija de Eva? –preguntó el León.

–Bueno, ella se comió una.

–Niña –replicó Aslan–, es por eso que ahora la horrorizan. Es lo que les sucede a los que cogen y comen frutas en el momento inoportuno y de la manera incorrecta. La fruta es buena, pero ellos la aborrecerán para siempre.

–¡Ah, ya entiendo! –dijo Polly–. Y supongo que como ella la tomó indebidamente no le hará efecto. Quiero decir, no la hará joven para siempre y todo eso.

–Ay de nosotros –dijo Aslan, moviendo la cabeza–. La hará. Las cosas siempre operan de acuerdo a su naturaleza. Ella ha logrado lo que ansiaba su corazón: tiene una fuerza incansable y sus días no tienen fin, como una diosa. Pero la eternidad de los días con un corazón perverso es sólo la eternidad de la infelicidad, y ella ya ha comenzado a conocerla. Todos logran lo que quieren: no siempre les agrada.

—Yo..., yo casi comí una también, Aslan —murmuró Dígory—. ¿En mí...?

—Sí, en ti sí, hijo —dijo Aslan—. Porque la fruta siempre tiene efecto..., debe tener efecto..., pero no tiene un efecto feliz sobre quien la ha cogido por su propia voluntad. Si cualquier narniano, espontáneamente, hubiera robado una manzana y la hubiera plantado aquí para proteger a Narnia, protegería a Narnia. Pero lo haría convirtiendo a Narnia en otro imperio fuerte y cruel como Charn, no la tierra amable que yo quiero que sea. Y la Bruja te tentó para que hicieras algo más, ¿no es así, hijo mío?

—Sí, Aslan. Quería que llevara una manzana para mí madre.

—Comprende, pues, que la habría sanado; pero no para tu dicha ni la suya. Llegaría un día en que tanto tú como ella habrían mirado hacia atrás y hubieran dicho que habría sido mejor que ella hubiese muerto de aquella enfermedad.

Y Dígory no pudo decir nada, pues las lágrimas lo ahogaban y perdió toda esperanza de salvar la vida de su madre; pero al mismo tiempo supo que el León sabía lo que hubiese sucedido, y que podían haber cosas mucho más terribles aún que perder por la muerte a alguien a quien quieres. Pero Aslan volvió a hablar.

—Eso es lo que hubiera ocurrido, hijo, con la manzana robada. No es lo que sucederá. Lo que te doy ahora traerá alegría. En tu mundo no dará la vida eterna, pero sanará. Ve. Coge para ella una manzana del Árbol.

Por unos segundos, Dígory apenas lograba entender. Era como si todo el mundo se hubiera vuelto al revés. Y entonces, como alguien en sueños, fue caminando hacia el Árbol, y el Rey y la Reina lo aplaudían y todas las criaturas también lo aplaudían. Arrancó la manzana y la puso en su bolsillo. Luego regresó junto a Aslan.

—Por favor —le dijo—, ¿podemos volver a casa ahora?

Olvidó decir "Gracias", pero tuvo la intención, y Aslan comprendió.

CAPÍTULO 15

El fin de esta historia y el principio de todas las demás

—No necesitan Anillos cuando estoy con ustedes —dijo la voz de Aslan.

Los niños parpadearon y miraron en torno a ellos. Estaban otra vez en el Bosque entre los Mundos; el tío Andrés yacía en el pasto, todavía dormido; Aslan estaba al lado de ellos.

—Vengan —dijo Aslan—, ya es tiempo de que se vayan de vuelta. Mas hay dos cosas que debemos tratar antes; una advertencia y una orden. Miren aquí, niños.

Miraron y vieron un pequeño hueco en la hierba, con un fondo pastoso, tibio y seco.

—La última vez que estuvieron aquí —dijo Aslan— ese hueco era una poza, y al saltar dentro de ella llegaron al mundo donde un sol mortecino alumbraba las ruinas de Charn. Ya no existe esa poza. Ese mundo se acabó, como si jamás hubiera existido. Que a la raza de Adán y Eva le sirva de advertencia.

—Sí, Aslan —dijeron ambos niños. Mas Polly agregó:

—Pero no somos tan malos como ese mundo, ¿no es cierto, Aslan?

—No todavía, Hija de Eva —dijo él—. No todavía. Pero empiezan a semejársele mucho. No hay seguridad de que algún malvado de tu raza

203

no descubra algún secreto tan perverso como la Palabra Deplorable y la use para destruir todo lo viviente. Y pronto, muy pronto, antes de que ustedes sean un anciano y una anciana, grandes naciones de vuestro mundo serán gobernadas por tiranos a los que les tendrán sin cuidado la felicidad y la justicia y la clemencia, igual que a la Emperatriz Jadis. Que vuestro mundo tenga cuidado. Esa es la advertencia. Ahora, la orden. En cuanto puedan, quítenle a ese tío de ustedes sus Anillos mágicos y entiérrenlos de manera que nadie pueda volver a usarlos.

Los dos niños estaban mirando el rostro del León mientras decía estas palabras. Y de repente –nunca supieron exactamente cómo pasó– su cara pareció ser un mar de olas doradas en el cual flotaban, y los envolvía tal dulzura y poder, y los cubría y se adentraba en ellos, que tuvieron la sensación de que jamás antes habían sido realmente felices o sabios o buenos, ni siquiera habían estado vivos y despiertos. Y el recuerdo de aquel momento no los abandonó nunca, de modo que durante toda su vida, si alguna vez estaban tristes o tenían miedo o rabia, la imagen de toda esa bondad dorada, y el sentimiento de que aún estaba allí, muy cerca, justo a la vuelta de la esquina o justo detrás de alguna puerta, volvía a su memoria y les daba la seguridad, en lo profundo de sus almas, de que todo estaba bien. Al minuto siguiente, los tres –con el tío Andrés despierto ya– cayeron dando volteretas en medio del ruido, el calor y el olor penetrante de Londres.

Estaban en la vereda frente a la puerta de calle de los Ketterley, y fuera de que la Bruja, el caballo y el cochero habían desaparecido, todo lo demás era exactamente igual a cuando ellos se fueron. Allí estaba el farol, con un brazo menos; allí estaban los restos del coche de posta; y allí estaba el gentío. Todavía comentaban, y algunos se arrodillaban junto al policía herido, diciendo cosas como: "Está volviendo en sí" o "¿Cómo te sientes ahora, mi viejo?" o "La ambulancia llegará en un periquete".

"¡Caracoles! –pensó Dígory–. Creo que durante toda la aventura acá no ha pasado el tiempo."

La mayoría de la gente buscaba frenética a Jadis y al caballo. Nadie prestó atención a los niños, pues nadie los vio irse ni nadie se dio cuenta de que hubieran regresado. En cuanto al tío Andrés, tanto por el estado de sus ropas como por la miel en su cara, nadie habría podido reconocerlo. Afortunadamente la puerta de calle de la casa estaba abierta y la criada seguía parada en el portal gozando de la diversión (¡qué día estaba pasando esa muchacha!) y los niños no tuvieron ningún problema en hacer entrar apresuradamente al tío Andrés a la casa antes de que nadie pudiera preguntar nada.

Él corrió escaleras arriba antes que los niños. Al principio, ellos temieron que se dirigiera a su desván y pretendiera esconder los restantes Anillos mágicos. Pero no tuvieron de qué preocuparse. En lo que iba pensando era en la botella dentro del ropero: desapareció en el acto en su dormitorio y cerró la puerta con llave. Cuando volvió a salir —en lo que no tardó mucho—, vestía su bata de levantar y se fue derecho al baño.

—¿Puedes ir tú a buscar los otros Anillos, Polly? —dijo Dígory—. Yo quiero ir a ver a mi mamá.

—Claro. Nos vemos más tarde —repuso Polly y subió a toda carrera las escaleras al desván.

Entonces Dígory esperó un minuto para recuperar el aliento, y entró suavemente al dormitorio de su madre. Y ahí estaba ella tendida, como la había visto tantas otras veces, apoyada en las almohadas, con una cara pálida y macilenta que te hacía llorar al verla. Dígory sacó de su bolsillo la Manzana de la Vida.

Y tal como la Bruja Jadis parecía distinta cuando la veías en nuestro mundo en vez de en el suyo propio, así la fruta de aquel jardín montañoso se veía también diferente. Había, por supuesto, toda suerte de cosas coloridas en la habitación: el cubrecama de todos colores, el papel de las murallas, el rayo de sol que entraba por la ventana y la bonita bata de la mamá, de un color celeste. Pero en el momento en que Dígory sacó la Manzana de su bolsillo, todas esas otras cosas parecieron tener apenas un leve colorido. Todas, hasta el rayo de sol, se veían desteñidas y deslucidas. El fulgor de la Manzana lanzaba extrañas luces al techo. No valía la pena mirar ninguna otra cosa, y en verdad no podías mirar nada más. Y el aroma de la Manzana de la Juventud era como si hubiera una ventana en la habitación que abriera hacia el Cielo.

—¡Oh, mi amor, qué lindura! —exclamó la madre de Dígory.

—¿Te la vas a comer, no es cierto? Por favor —dijo Dígory.

—No sé qué diría el doctor —repuso ella. Pero en realidad..., casi creo que puedo.

Él la peló y la cortó y se la dio pedazo a pedazo. Y tan luego terminó de comerla, ella sonrió y su cabeza descansó en la almohada y se durmió: un verdadero, natural y tranquilo sueño, sin ninguna de esas desagradables medicinas, que era, como sabía Dígory, lo que ella más necesitaba en el mundo. Y ahora estaba cierto de que su cara se veía un poquito diferente. Se inclinó y la besó con gran suavidad y salió silenciosamente de la habitación, con la ilusión en su alma; se llevó el corazón de la Manzana. Durante todo ese día, cada vez que miraba las cosas que lo rodeaban, y veía lo comunes y sin magia que eran, casi no se atrevía a tener esperanzas; pero cuando recordaba la cara de Aslan, sí esperaba.

Esa tarde enterró el corazón de la Manzana en el jardín de atrás.

A la mañana siguiente cuando vino el doctor a hacer su visita de rutina, Dígory se inclinó por encima de la baranda de la escala para escuchar. Oyó que el doctor salía con la tía Letty y le decía:

—Señorita Ketterley, este es el caso más extraordinario que he visto en toda mi carrera médica. Es..., es como un milagro. No le diré nada al niño todavía, no quiero que se haga falsas ilusiones. Pero en mi opinión... —entonces su voz empezó a hacer demasiado baja para poder escucharla.

Aquella tarde bajó al jardín y silbó la señal secreta que habían acordado con Polly. Ella no había podido volver el día anterior.

—¿Cómo te fue? —dijo Polly, asomándose por encima de la muralla—. Quiero decir, con tu madre.

—Creo..., creo que todo irá bien —repuso Dígory—. Pero si no te importa, prefiero no hablar de eso todavía. ¿Qué pasó con los Anillos?

—Ya los tengo —dijo Polly—. No te preocupes, todo está bien, estoy usando guantes. Vamos a enterrarlos.

—Sí, vamos. Puse una marca en el lugar donde enterré ayer el corazón de la Manzana.

Entonces Polly pasó por sobre la tapia y juntos fueron a ese lugar. Pero, por lo que ocurrió, Dígory no habría tenido necesidad de marcar el sitio. Algo estaba brotando ya. No crecía dejándote verlo crecer como lo habían hecho los árboles nuevos en Narnia; pero ya asomaba bastante del suelo. Con una paleta enterraron todos los Anillos mágicos en un círculo a su alrededor.

Cerca de una semana después se tuvo la seguridad de que la madre de Dígory estaba mejorando. Quince días más tarde ya estaba en condiciones de sentarse afuera en el jardín. Y un mes después la casa entera se había transformado en un lugar distinto. La tía Letty hacía todo lo que a su hermana le gustaba; se abrieron las ventanas, se corrieron las sucias cortinas para dar más luz a las habitaciones, había flores frescas por todas partes, y cosas más agradables para comer, y se afinó el viejo piano y la mamá volvió a cantar otra vez, y jugaba tanto con Dígory y Polly que la tía Letty dijo: "Palabra, Mabel, que eres la más niña de los tres".

Cuando las cosas van mal, verás que por lo general se descomponen durante cierto tiempo; pero cuando las cosas principian a ir bien, a menudo se van haciendo cada vez mejores. Luego de aproximadamente seis meses de esta vida encantadora, llegó una larga carta del papá desde India, que traía maravillosas noticias. Había muerto el anciano tío abuelo Kirke y esto significaba, al parecer, que él era ahora inmensamente rico. Iba a retirarse y volvería de la India para siempre jamás. Y la enorme casa de campo, de la que Dígory oyó hablar toda su vida y que jamás había visto, sería su hogar de ahora en adelante: la gran casa con las armaduras, los establos, los caniles, el río, el parque, los invernaderos, los viñedos, los bosques, y las montañas al fondo. Por eso Dígory se sentía absolutamente seguro, igual que tú, de que todos iban a vivir felices para siempre. Pero a lo mejor tú querrás saber un par de cosas más.

Polly y Dígory fueron siempre grandes amigos y ella venía casi todas las vacaciones a quedarse con ellos en su preciosa casa de campo, y ahí aprendió a montar y a nadar y a lechar vacas y a cocinar y a escalar.

En Narnia las bestias vivieron en gran paz y alegría y ni la Bruja ni ningún otro enemigo vino a causar problemas en esa tierra agradable durante muchos cientos de años. El Rey Francisco y la Reina Elena y sus hijos vivieron muy felices en Narnia y su segundo hijo llegó a ser Rey de Archenland. Los muchachos se casaron con las ninfas y las muchachas se casaron con los dioses de los bosques y con los dioses de los ríos. El farol plantado por la Bruja –sin ella saberlo– iluminaba día y noche la selva de Narnia, y el lugar donde se levantaba llegó a ser llamado el Páramo del Farol; y cuando, cientos de años más tarde, otra niña de nuestro mundo llegó a Narnia en una noche de nevazón, encontró esa luz aún brillando. Y esa aventura estaba, de cierta manera, conectada con las que les he contado recién.

Fue así. El árbol que brotó de la Manzana que Dígory plantó en el jardín de atrás, vivió y creció hasta convertirse en un árbol magnífico. Al crecer en el suelo de este mundo, alejado del sonido de la voz de Aslan y del aire joven de Narnia, no dio manzanas que pueden hacer revivir a una mujer moribunda como la madre de Dígory había revivido, pero en cambio dio manzanas mucho más lindas que todas las de Inglaterra, y te hacían mucho bien, aunque no eran totalmente mágicas. Pero en su interior, dentro de su propia savia, el árbol, por así decirlo, nunca olvidó a aquel otro árbol en Narnia al que pertenecía. A veces se movía misteriosamente cuando no había viento; yo creo que cuando ocurría esto era que había grandes ventarrones en Narnia y el árbol inglés temblaba porque, en ese momento, el árbol narniano se sacudía y oscilaba en medio de un fuerte vendaval del sudoeste. Sin embargo, como fuere, más tarde se probó que todavía había magia en su madera. Pues cuando Dígory era ya de mediana edad (y un famoso sabio, un Profesor, y un gran viajero en aquel tiempo) y era propietario de la antigua casa de los Ketterley, hubo una gran tormenta en todo el sur de Inglaterra que derribó el árbol. No pudo soportar que fuera simplemente trozado para hacer leña, e hizo fabricar con parte de la madera un ropero que puso en su gran casa de campo. Y aunque él mismo no descubrió las propiedades mágicas de aquel ropero, alguien lo hizo. Ese fue el principio de todas las idas y venidas entre Narnia y nuestro mundo, que puedes leer en otros libros.

Cuando Dígory y su familia se fueron a vivir a la gran casa de campo, se llevaron al tío Andrés para que viviera con ellos, pues el padre de Dígory dijo:

—Tenemos que tratar de mantener al viejo apartado del mal, y no es justo que la pobre tía Letty tenga que cargar siempre con él.

El tío Andrés no volvió nunca más a ensayar su magia en todo el resto de su vida. Había aprendido la lección, y en su vejez se puso más agradable y menos egoísta de lo que había sido antes. Pero siempre le gustaba llevar a las visitas al salón del billar para contarles historias acerca de una misteriosa dama, de

gran familia real, extranjera, con quien había
paseado por Londres.

—Tenía un carácter endemoniado —decía—.
Pero era una mujer divina, señor, una mujer
divina.

ÍNDICE